U0051159

大旗出版
BANNER PUBLISHING

大旗出版
BANNER PUBLISHING

國家寶藏
貳
天國謎墓II

「十字寶殿帝中央，雨雷風雲電為王；
正反五行升天道，雪下金龍小天堂」

經過水牢、落雷石和蜘蛛蛇的五人，
在發現「雨雷風雲電」的機關順序後，
即將進入「雲」的關口。
同一時間，他們來到一幽暗深邃的山洞口，
陸續發現了二十八根刻有圖案的柱子……

國家寶藏 貳 天國謎墓

目錄

第二十四章　星宿圖騰

「二十八星宿圖是什麼？我不懂，程哥你懂嗎？」胖子一臉茫然地問。

程哥笑著說：「我也猜到了這一節，如果沒出錯的話，我們接下來還應該碰到剩下七個星宿圖，也就是鬥木獬、危月燕、婁金狗、參水猿、胃土雉、壁水貐和牛金牛。」

胖子來了精神：「這麼說有門了？你們找到機關了？」

田尋說：「現在還不能肯定，但有了發現就是好現象。」

正說著，坐在地上一直默不作聲的禿頭忽然挺直腰，指著前方失聲尖叫道：「那邊有人，那邊有人！」

四人嚇得連忙回頭，順禿頭手指的方向看去，強光手電筒照射出很遠，並沒有什麼動靜出現。

胖子說：「老李，你看到什麼了？」

禿頭神色緊張地說：「一個黑影，一晃就過去了……」

東子一拉手槍的套筒，說：「那王八蛋又露頭了，你們在這等著，看我上去收拾了他！」說完站起來就要跟上去。

程哥一把拉住他說：「不行，東子你絕對不能去！」

東子把眼一瞪，說：「你是看不起我平小東是嗎？我非做了他給你看看不可！」

程哥說：「東子，我絕沒有看不起你，只是現在情況危急，我們還是以靜制動的好，這黑影沒有正面出現，說明他也懼怕我們，我們也沒有必要主動跟他正面交手，一旦遇上，憑我們五個人的力量，應該可以消滅了他，你就聽我這一回，行不行？」

東子是個三分鐘熱血的脾氣，見他說得誠懇，也就不再堅持。正在這時，田尋手裡的強光手電筒忽然暗淡下來，他敲了敲手電筒，將裡面的鉻氫電池卸下再裝上，還是不亮。

「電池沒電了，胖哥，你那還有電池沒有？給我一塊。」胖子從背包裡摸出一塊用抗靜電塑膠袋密封著的電池遞給田尋。

正在田尋更換電池間，忽聽禿頭尖叫一聲：「在那邊，又來了！」

田尋一驚，手裡電池掉在地上。東子忙用手電筒照去，遠方黑黝黝的，什麼也沒有。

程哥追問道：「老李，你又看到那人影了嗎？」

禿頭並不正面回答他的話，只喃喃地說：「又來了，在那邊，又過來了……」他說話時神情漠然，似乎夢囈一般。

胖子擔心地說：「老李，老李你沒事吧？你剛才看到什麼了？」

禿頭看了看胖子，好像回過神了，慢慢地說：「是我眼花了……」

胖子氣得直喘粗氣，說：「你呀你，怎麼搞的？」

程哥說：「你別怪他了！老李受了傷，可能有些感染的併發症，這裡又陰又冷，再加上他心理緊張，難免會眼花看錯，再讓他吃點東西，多喝點水。」

東子冷漠地說：「帶的水可不多了，省著點喝！」

程哥白了他一眼，說：「這水是用來救命的，又沒浪費掉！」

五人緩緩前行，又碰到一根黑柱，果然，上面刻著一隻斜飛的燕子，這也就驗證了田尋和程哥的猜測。

田尋說：「看來是二十八星宿沒錯了！我以前看過二十八星宿圖，如果沒記錯的話，危月燕的旁邊應該是……」

程哥說：「是虛日鼠！」

田尋說：「對，是虛日鼠，快往前走看看！」

第二十四章　星宿圖騰

幾人加緊腳步向前走，拐過一個洞口後，來到一根石柱前，一眼看見柱上有劃的粉筆記號，證明此柱已經來過，上面的圖案正是老鼠。

程哥欣喜地說：「這就好了！這二十八根柱子是按照二十八星宿圖的位置修的，要是這麼一來，二十八根柱子應該是以大環形排列，它們中心是北斗七星和太子、勾陳二星，我們只要找到它們，就一定會有出口！」

程哥說：「剛才我估算了一下，那放棺材的圓形石洞的位置就應該是太子星，那咱們從虛日鼠向西就是太子星，向東就應該是北斗星的方向！」

程哥說：「對，咱們快走吧！」

突然禿頭回頭大叫道：「小心有人！」還沒等四人反應過來，禿頭抬手向後面連開兩槍，震得大夥耳朵嗡嗡亂響，像有無數隻蒼蠅在腦袋邊盤旋。胖子離他最近，他嚇得一蹦老高，用手電筒往後一照，不由得氣了半死。原來大家剛拐過一個T型彎，身後乃是一個堵死的路，根本不可能有人。

東子罵道：「你個死禿子，一驚一乍的！這回又看花眼了？」

禿頭緊握手槍，雙眼瞪得老大，臉上汗珠直淌，乾裂的嘴唇一張一合，渾身輕輕顫抖。

胖子見他如此可憐，說：「我看老李可能是有些發燒，精神太緊張了。」

程哥拿過禿頭的手槍遞給田尋，說：「別讓他拿槍了，他現在判斷力有問題，拿槍反倒會誤事。」

東子氣鼓鼓地說：「我看也是，萬一他把咱們也錯看成敵人給斃了，那可就全完了。」

田尋退出彈夾，見裡面還有十顆子彈，就又裝進槍柄中，推上彈膛。胖子一摸禿頭的額頭，嚇了一跳：「我操，這麼燙手！程哥，他真在發燒！」

程哥抬手一摸，溫度至少有三十八、九度的樣子，他皺了皺眉，心中暗想，這種皮外傷雖然疼痛，但沒有傷到筋骨，又消毒及時，按理說不應該感染發燒，除非傷口中有毒。

胖子說：「老李，你現在感覺什麼樣？頭暈嗎？」

禿頭緊緊攥著胖子的手，神色不振地說：「王援朝啊，我怎麼感覺這麼難受？好像要死了似的，我可不想死啊！」

胖子罵道：「你個臭禿子，誰說你要死了？瞎說什麼玩意？你忘了前年你過生日時，我給你一隻巴西綠毛龜，你喜愛得不得了，還說爭取要活得比牠還長壽，這才過了兩年，怎麼就怕死了？我告訴你，王八死了你也死不了！」

禿頭死死地盯著胖子，臉色潮紅，喘氣如牛，雙眼中放出異常的神色。胖子有些害怕地說：「老李你怎麼了？是不是口渴了？要不你再喝點水？」

禿頭聽完他說的話，忽然眼中精光大盛，尖叫一聲：「我要喝，要喝！」一把抓住胖子的肩膀，俯身張嘴就要咬他脖子。東子一直在旁邊架著禿頭的胳膊，見他神色有異，心裡就有戒備，見他忽然發難，手上一用勁，將禿頭拽得掄了半圈，啪地撞在石壁上，這一下十分用力，禿頭面朝裡摔在牆上，險些撞暈過去。

胖子大聲說：「東子你幹什麼？你想摔死他啊？」

東子氣得罵道：「我他媽的是救你呢，你反來罵我？操你大爺！」其實胖子何嘗不知東子是在幫他，只是他和禿頭十幾年交情，一見禿頭如此慘相，有些不忍。

程哥跑過去扶起禿頭，見他神色委頓，眼皮半睜，嘴唇發顫，臉色卻又變成了鐵青色。

田尋過去扶著禿頭，對程哥低聲說：「可能是中毒了，那黑影的牙齒裡有毒。」

程哥點點頭，心裡也清楚得很。他站起來對胖子說：「老李現在對空氣很敏感，你把防毒口罩拿出來給他戴上。我們架著他走！」

胖子明白是怕禿頭發起性來再咬人，於是取出防毒口罩，默默地戴在禿頭臉上。

五個人繼續向前走，路越走越寬，走著走著，忽然前面似乎微有亮光，幾人精神一振，東子說：「好像有燈光，有門兒！」

等到了近前一看，頓時又都洩氣了，因為五人又回到了那擺著人形石棺的圓石廳裡。東子再也按捺不住脾氣，破口大罵起來：「我操他奶奶的，這到底是什麼鬼地方，要把老子活活給困死啊！」

幾人坐在地上休息，忽然胖子回頭，驚恐地說：「棺材，棺材！」

幾人忙回頭看那棺材，不由得也嚇了一跳，原先斜放在人形棺材旁邊的棺材蓋現在竟然消失了。

田尋走到石棺旁，四處看了看，說：「這棺蓋是被拖走的，你們看地面上還有拖痕，一直通到這個洞裡。」幾人一看，這個洞似乎以前沒有走過。

程哥說：「這是誰幹的呢？」

胖子說：「肯定是那個黑影了，這傢伙究竟是從哪兒冒出來的？偷這棺材蓋有什麼用？也不能賣錢。」

田尋曾經翻過那棺材蓋，相當有分量，至少也有二、三百斤，能拖著這麼個大傢伙到處跑，看來也需要有一副好體格。

程哥說：「先別管他了，田尋，你估算一下星宿圖的方位，我們現在該往哪個洞口走。」

田尋看了看圓廳的五個洞口邊上的記號，其中一個是禿頭曾經來過的，一個是黑影咬完禿頭後逃走的，一個是五人剛出來的，還有一個是程哥來過的，只剩下一個洞口，說來也巧，這個洞口就是拖痕通進的洞。田尋又按星宿圖的方位在石板上畫了個簡圖，抬頭說：「就是這個洞口，這個方向就是通往北斗七星的方位。」

胖子說：「我操，怎麼這麼巧？那我們豈不是要跟著那黑影的屁股走了嗎？」

東子倒興奮了：「跟屁股就跟，我就不信咱們五個還幹不過那黑炭頭了？」

程哥想了想，堅決地說：「別無選擇了，走！」胖子和田尋攙著禿頭，五人義無反顧地走進洞裡。

這洞地勢偏高，越走越往上，而且還變得越來越窄，最後只能容下一個人的寬度，沒辦法，胖子只能拽著禿頭的兩隻手，拖著他通過洞裡。還好到了前面又寬了起來，只是地勢還是偏上，走得有些辛苦。再行了有幾十米的樣子，忽然前面有東西堵住了去路，手電筒一照，地上直直豎著一個東西，竟是那塊人形棺材的石棺蓋。

石棺蓋下端牢牢地插進地表足有半米多深，插得有點歪斜，看樣子是被人故意擋在這裡的。這段山洞寬約有兩米多，但這棺蓋就有一米七、八寬，兩旁的空隙太小，人肯定是過不去。

田尋走在最前面，他用手電筒看了看，說：「肯定是那黑影幹的，隨手就能插在地下這麼深，足見他的力氣很大。」說罷將手槍別在腰間，用力撼了撼棺蓋，棺蓋卻紋絲不動。

程哥問：「怎麼，扳不動嗎？」

田尋說：「插得太牢，根本推不動！」

東子放開禿頭，說：「笨蛋，這點力氣也沒有，躲開，讓我來！」

田尋讓到一旁，心說：你充什麼大力士？看你的能耐。東子來到石棺蓋面前，雙腿前曲後直，兩膀較力去推那棺蓋，棺蓋微微有些鬆動，但還是沒有挪步的意思。

程哥說：「不能往前推，這樣地基所受的阻力面積太大，應該往兩側扳才行，來，咱們四個一塊上！」四人來到左側，同時用力扳動棺蓋，在四人發力之下，棺蓋開始慢慢往右傾斜，地下的土也鬆動了，然後大夥又來到右邊扳動，幾個來回之後，棺蓋埋在土中的部分已經完全鬆開，東子飛起一腳，將棺蓋踢倒在地。

胖子說：「那黑傢伙用棺蓋擋路是什麼意思？莫不是怕我們過去不成？」

東子說：「這還用問嗎？肯定是他害怕了！怕我們遇上他把他給幹掉，我還偏要找他的晦氣不可，走！」

四人繼續前行，走著走著，忽然田尋猛地停住了腳，後面的胖子走得急，一下撞到田尋後背上，他生氣地說：「怎麼不走了？剎車也不給個動靜，追尾了算誰的？」

田尋緊張地說：「我好像踩到了一個機關！」

程哥忙問：「什麼機關？」

田尋說：「好像是一塊平板，左腳踩上後就沉下去一塊，我沒敢抬腳。」

程哥連忙過去蹲下，用手在田尋左腳附近來回一摸，果然這裡並不是普通的石頭地面，而是一大塊平坦的鐵板，上面薄薄鋪著一層碎石和土沫，偽裝成地面。

胖子說：「這可怎麼辦？」

程哥尚未答話，靠牆而立的禿頭忽然開口說：「都得死，嘿嘿，都得死！」他戴著防毒口罩，聲音低沉發悶，聽上去冷冰冰的殊無感情。

胖子氣得罵道：「你個臭禿子，又發什麼神經？」

程哥看了禿頭一眼，說：「別管他。這的確是個機關，幸好田尋反應快，不然我們也許又要吃虧。東子，你和胖子想辦法弄一塊大石頭來壓住鐵板，我們才能繼續走。」

東子說：「這山洞裡沒有工具，你讓我去哪兒弄大石頭……哎，對了，後面不是有塊棺材蓋板嗎？胖子快來，咱們把那棺材板弄來！」

程哥見兩人走遠了，低聲對田尋說：「你怎麼看大老李中毒的事？」

田尋說：「那黑影肯定是從人形石棺裡爬出來的了，只是弄不明白死人怎麼會逃出來？莫非是僵屍？」

程哥搖搖頭說：「我不信什麼僵屍不僵屍的，我見過的古墓沒有上千也有幾百座，從來沒有什麼僵屍復活的事。但這件事的確令人無法解釋。」

田尋說：「你還記得楊秀清的十字墓穴上刻的圖案嗎？洪宣嬌在楊秀清的墓穴裡放了很多蟲子，還說什麼『生不如死』的話，我想很可能那人形棺材和楊秀清的十字墓穴有某種關聯。」

程哥點點頭，看了看靠在牆上神情木然，光出氣兒不說話的禿頭，說：「我有一種不祥的預感，就是擔心他。」說完指了指禿頭。

田尋也說：「我也在擔心，我們現在有一點要非常注意，就是千萬別讓老李咬了咱們，否則後果可能會更糟。」

程哥說：「我會把他看牢的，就是不知道他會變成什麼樣子。」

忽然，禿頭又說話了：「回去吧，都回去吧！」

兩人沒防備，都嚇了一跳，程哥說：「老李，你想說什麼？」

禿頭閉上眼睛，又不作聲了。

田尋說：「他可能有點神志不清了，我倒是也想回去，可又談何容易？」

程哥看了看田尋，說：「後悔跟著我們考古隊來這趟嗎？你現在肯定在想，假如當初知道這麼凶險，說什麼也不來，是吧？」

田尋看著程哥，不動聲色地說：「既然來了就沒什麼可後悔的，托爾斯泰說過：歷史不承認假如。」

程哥還要說什麼，山洞拐彎那邊卻傳來了東子的咒罵聲：「這是什麼事啊，從來也沒幹過抬棺材板的活兒！」程哥和田尋對視一眼，啞然失笑，兩人嘿呦嘿呦的將棺材蓋板拖著轉過了拐角，靠在牆上。

胖子喘著氣擦頭上汗說：「怎麼弄啊，老程？」程哥走過去說：「我們三個把這石棺蓋壓在田尋腳下的鐵板上，上面靠在牆上就行了。」

三人放好了石棺蓋，田尋慢慢抬起右腳，鐵板被牢牢壓住，沒有向上彈起，暫時起了壓住機關的作用。

東子說：「那就快走吧！」

田尋仍然打頭陣，這麼一來，他腳下就更小心了，每邁一步都小心翼翼，生怕再踩上什麼翻板之類的暗器。

走了大概有三、四十米左右，前面豁然開朗，現出了一個寬大的石廳。

第二十五章 妖臉

這石廳呈長方形，面積足有標準的足球場大，廳頂上仍然滿是晶光閃閃的紫水晶礦石，牆壁上鑲著一排排的銅製燈檯，奇怪的是這些燈檯都是點燃的，發出暗藍色的光芒。更奇的是地面上滿滿刻著很多圖形，有圓有點，還有很多縱橫交錯的線條將這些圓和點串接起來，圖案空隙處還有許多文字，就像是一幅天文學家的草圖。

廳正中孤零零立著一根高大的圓形石柱，在偌大的石廳裡顯得很是突兀。

五人慢慢走進廳中，整個大廳都被燈檯罩上了一層淡藍色的光暈，四把強光手電筒在這廳裡也不太用得上，於是大家都把手電筒關掉以節省電能。

胖子看著腳下這些複雜奇怪的圖案，有點不敢前進，他問程哥：「老程，這地上都是亂七八糟的圖形，不會又是什麼機關吧？」

程哥蹲下仔細看了看，說：「沒事，這些線條都是淺刻在石板上，並不是什麼機關，走吧。」他率先邁步走進大廳裡面。

其他人見程哥打頭，也跟著進了來。

第二十五章　妖臉

田尋邊走邊看腳下的圖形，說：「這好像是天上星宿圖。」

程哥也說：「沒錯，這就是中國古代的夏季天空星宿圖。你們看，這地上的每一個圓圈或圓點都代表一顆星星，圓圈是比較亮的星，而圓點是較暗的，再加上連接的線條，就構成了一個個星座。」

胖子撓撓頭皮說：「那是不是我們要找出北斗七星來？」

程哥笑著說：「行啊，王胖子，你大有長進了！」

胖子嘿嘿笑了，剛要說什麼，忽聽剛才出來的那個山洞裡一聲悶響，好像有什麼沉重的東西倒了似的。程哥心裡一驚，他一直在擔心那塊鐵板機關，連忙說：「快去看看那塊鐵板！」

田尋連忙跑回去一看，果然那塊石棺蓋被挪開了，扔在一邊。他又跑回來說：「不好，那塊石棺蓋被人動了！」

東子咬著牙說：「肯定又是那個黑炭頭，我操你奶奶的，你怎麼就不敢露面？」

程哥說：「大家快回到洞口，小心有機關埋伏！」五人退到洞口處，緊張地看著廳裡的動靜。

過了半晌，廳裡寂靜一片，什麼動靜也沒有，後面山洞裡也平安無事。胖子說：「是不是那鐵板並不是什麼機關？」

田尋說：「不可能，這陵墓裡的東西沒有擺設，都是有作用的，不能太大意了。」

東子說：「那我們總不成就在這站一輩子吧？」

程哥說：「退也不是辦法，等也不是辦法，我們還是進廳，大家都小心點，如有異常情況，馬上退回山洞！」

五個人又小心翼翼地返回廳中，胖子扶禿頭靠在牆壁上坐下。程哥仔細辨認地上的星座，找了半天，終於找到了北斗七星的位置，七個圓圈大如桌面，邊上還標著文字，田尋用粉筆在七顆星上分別畫了一個大圈，以便辨認。

胖子說：「老程，你確定這是北斗七星嗎？這地上的圖形這麼亂，不會看錯吧？」

程哥說：「你對天文學沒有研究吧？來看看這些字，這七個圓圈旁邊都標有它們的名字，從鬥身開始，至斗柄結束，分別是天樞、天璿、天璣、天權、玉衡、開陽和搖光。」

胖子在七個圓圈上挨次走了一遍，說：「還真是。唉，不對啊，程哥，這個叫『開陽』的星星旁邊怎麼還有一個圓點呢？」

第二十五章　妖臉

程哥說：「那是『輔』星，和開陽星緊挨在一起，是一對明暗雙星。」

田尋說：「我聽說古代阿拉伯人徵兵時，曾經把這對雙星當作是測驗士兵視力的『試驗星』，說的就是它吧？」

程哥說：「沒錯。這顆『輔』星亮度只有四等，按現在的標準來說，視力低於零點八的人是看不到這顆輔星的。」

東子說：「是嗎？那我肯定合格了，我眼力是一點五，標準的遠視眼。」

胖子說：「現在找到北斗七星了，然後呢？」

田尋說：「是啊，下一步的機關在哪裡呢？會不會和這根石柱有關？」幾人來到石柱跟前，這石柱直徑約有兩米，上面畫的都是翻翻滾滾密佈著的烏雲，中間還夾雜著一張張人的臉，這些臉有老有少，表情各異，有譏笑、憤怒、訕笑、鄙夷、漠然等等，卻沒一個表情是友善的，看上去很是詭異，令人心裡頭不大舒服。

石柱兩邊刻著兩排篆體大字，每邊四個，胖子說：「這是什麼字？我怎麼一個也不認識？」

程哥辨認了一下，說：「這是小梅花篆體，是『生還北斗、生天北極』八個字。」

胖子說：「這又是什麼意思？北斗星我們找到了，意思是咱們已經生還了，那北極星又在哪兒呢？」

田尋掏出粉筆，在牆上畫了一個和長方形石廳比例相同的矩形，然後又把地上的北斗七星按比例畫在矩形裡。

程哥說：「地上這些圖形裡有北極星嗎？」

田尋說：「沒有，我剛才找了，沒有北極星。」

線索又斷了，正在大家苦苦思索時，忽然坐在地上的禿頭又嘿嘿地笑了，說：「有人來了！」

東子和胖子看了他一眼，都沒理會。

禿頭又自言自語地說：「有人來了，一張臉，一張臉！」

程哥看了看禿頭，心生憐憫地對胖子說：「再給他喝點水吧。對了，千萬小心別讓他咬了你！」

胖子也知道禿頭中了什麼邪毒，他取出水壺，小心翼翼地摘下禿頭的防毒口罩，像哄小孩似的說：「來吧，兄弟，咱們喝口水，喝一口……對了，真聽話。」

禿頭喝完水，又用手指著廳中那根孤零零的石柱子，對胖子說：「一張臉來了，一張臉！」

胖子說：「行了，行了，什麼一張臉，我看你這張臉就夠鬧心的了……啊！」

第二十五章　妖臉

話還沒完，胖子突然驚叫一聲，他從禿頭手指的方向真看到了一張人的臉，在慢慢向五人靠近！

三人聽到胖子的驚呼都回過頭看，從那根石柱方向，很怪異地飄過來一張男人的臉，這張臉竟然是由白色霧狀東西組成，是半透明的，只有臉沒有身子，後面還拖著一根細細的尾巴，整個臉好像雲彩一般，但臉上的五官都看得很清楚，離地大概有一米多高，慢慢向五人飄過來。

東子掏出手槍上了膛，說：「這又是他媽什麼新貨來了？」

田尋也掏出手槍說：「看上去似乎就是一些雲霧狀的東西，沒什麼殺傷力吧？」

但四人還是散開來，緊張地看著那張人臉。說來也怪，這張臉見四人呈扇面分散了，似乎猶豫一下，然後朝田尋飄了過去。

田尋暗罵一聲，你他媽的倒會找人。從腿帶上抽出強光手電筒，按亮後光柱直射那人臉，人臉在強光照射之下毫無懼色，還是慢悠悠地向他而來。田尋向左退幾步，那人臉也轉向左飄來，好像認準了田尋這個親人。

胖子在一旁叫道：「老田，你認識那張臉嗎？它好像認識你啊！」

田尋氣得要死：「都什麼時候了，你還有心逗我？我不認識，從沒見過這張臉！」

胖子說：「我還以為它認識你呢，那就好辦了！」說完從背包裡掏出一小塊固體燃料橫著扔給田尋，「用這個給它烤烤火！」

田尋用打火機點燃了固體燃料，遠遠拋向那人臉，固體燃料在地上哧哧地冒著火焰，說來也怪，這人臉好像很怕火光，原地向後退了一段，然後轉向左邊，繞開固體燃料後，又朝程哥撲去。

程哥見那詭異的人臉奔自己來了，也有點手足無措，只能先往後躲。東子則童心大起，衝上一步說：「這傢伙挺好玩，我倒想看看它有什麼能耐！」

程哥一拉他袖子說：「別鬧了，快躲開！」

東子說：「沒事程哥，我覺得這東西就是唬人的，沒什麼用處，不信你看著。」

說話的工夫，那人臉已經飄到東子面前，程哥可沒有東子的膽量，早遠遠躲到一旁。東子見那人臉飄到身前兩米之內時，他高高飛起一腳，猛踢那張臉的鼻樑。那張臉挨了東子一記穿心腿，整張臉像一塊皮凍似的左右顫了幾下，卻又繼續前行。

東子樂了，說：「他媽的，你就這點能耐嗎？」右腳一個旋風腿，又踢了那張臉一下，那張臉上的五官都扭曲了，顯得更加痛苦和醜陋。

正在東子把那臉當成拳腿靶子，左踢右踹玩得不亦樂乎時，忽然那張臉以異常迅捷的速度撲向東子的臉，東子猝不及防，那張臉整個糊在東子臉上。

東子只覺一股像沙林毒氣似的味道直衝頂門，一陣眩暈險些摔倒。他雙手想捧住鬼臉扳開，可這張臉只是由霧氣組成，手指穿過那鬼臉，卻抓到自己臉上。東子有些窒息，想開口呼喊，發現自己竟張不開嘴了。

程哥在一旁看得真切，連忙衝上去用手急揮，想趕走那人臉。可那張臉像塊豬皮鰾似的緊緊貼在東子臉上，說什麼也取不下來。東子眼皮上翻，沉重地癱倒在地，四肢不住抽搐。

胖子和田尋連忙跑來，想用手去摘那鬼臉，可那鬼臉似雲似霧，手指根本抓不住，眼看著東子臉上綠氣越來越重，性命難保，田尋忽然說：「快扶起他的頭！」胖子扶起東子腦袋，田尋掏出打火機，用火舌在東子臉上來回舔燎，這張臉對火焰十分敏感，四處躲避火焰，程哥也掏出打火機兩面夾攻，那張臉終於向上一飄，離開東子朝胖子飛去。

這下輪到胖子害怕了，他大叫一聲飛奔逃走，那人臉跟著胖子緊追不捨。程哥見東子臉色發綠，不省人事，連忙讓他平躺在地上，雙手用力按壓他的胸口，田尋也用指尖掐東子的人中，過了好一會兒，東子悠悠甦醒過來，他翻著眼珠，神志還沒有完全恢復。

程哥見東子被田尋救醒過來，心中稍寬，回頭一看胖子還在繞著大廳急走，後面的人臉緊追著，胖子從禿頭身邊經過，不一會兒那人臉也來到了禿頭身邊。田尋大叫一聲：「不好，小心，老李！」

胖子一回頭，暗暗叫苦，心想這人臉要是貼上禿頭可就糟了，卻見那人臉經過禿頭時剛要貼近，卻又退了回來，禿頭睜眼一見那人臉，忽地挺直身子，伸手一把竟掏穿了人臉。那人臉五官挪位，似乎非常難過，不一會兒就漸漸消失了。

這時東子也恢復了神志，他用力晃晃腦袋站了起來，說：「我沒死嗎？」

田尋說：「你沒死，活得好好的！」

四人來到禿頭面前，胖子蹲下問：「老李，你沒事吧？」

禿頭看了看胖子，嘿嘿一笑：「人臉，好多人臉！」

田尋聽了他的話，下意識朝遠處的石柱一看，叫道：「不好，又有鬼臉出來了！」一大夥一看，只見石柱那邊霧氣繚繞，許多大大小小的鬼臉又源源不斷地從石柱上鑽出來，紛紛向五人這邊飄去。

胖子焦急地說：「這下可糟了，這麼多鬼臉怎麼對付啊？」

第二十五章　妖臉

田尋說：「趁著他們沒過來，我們把所有的固體燃料在地上橫著排開，用一條火線擋住它們！」

大家一聽此計甚妙，都掏出背包裡的固體燃料，用手掰開後在地上灑出一條線，再用打火機點著，頓時起了一道不高的火牆。那些人臉慢慢飄到火線附近時，果然停步不前，左右尋找出口。

這些鬼臉有大有小，大的離地面高一些，足有兩米左右，小的就貼著地面飄行，足有一百多個，它們尋不到出口，焦急地在火線附近擠擠挨挨，臉上表情各異，遠遠看去，一大堆臉擠在一塊，倒也蔚為壯觀。

胖子這下來勁了，他站在火線旁邊，衝著這些鬼臉大叫：「王八蛋們，有種你們倒是過來啊？操！」正說著，有一處固體燃料燃燒耗盡，火焰漸漸消失了，火線出現了一個缺口。這些鬼臉像逃難似的，爭先恐後地從這個缺口處潮湧而出，一串串鬼臉魚貫飄來，胖子嚇得「媽呀」一聲跑回來了。

大批鬼臉從不同方向襲來，四人頓時沒了主意，田尋叫道：「這可怎麼辦？」程哥說：「快退回山洞裡去！」東子剛要往回跑，猛看見山洞的洞口不知什麼時候被一塊石板給堵上了，正是那塊人形的石棺蓋。

四人來到洞口處一齊用力推動石棺蓋，想要把它推倒，可這石棺蓋好像變得有千斤重，根本就推不動。

胖子叫道：「這下完了，咱們都要交代在這兒了！」

在這千鈞一髮之際，田尋忽然一閃念，說：「那鬼臉都是從石柱上飄出來的，我們去把那石柱摧毀試試？」

程哥喘氣道：「那石柱有兩米多寬，又粗又結實，我們又沒帶炸藥，怎麼才能摧毀？」

東子急道：「那怎麼辦？不好！鬼臉快過來了，你們快他媽想辦法啊！」

胖子怒道：「這不都在想了嗎？你不是人嗎，怎麼不想辦法？」

東子一瞪眼說：「我有辦法早就跑了，還跟你們在這等死嗎？」

說話間，鬼臉們不緊不慢地離幾人只有六、七米遠了，田尋大聲道：「快跑到火線那邊去！」說完撒開兩腿，貼著石廳的牆壁向火線衝去，那些鬼臉行動比人遲緩，剛欲轉頭撲向田尋，他已經大步跨過了火線，來到石柱邊上。另三人見有門兒，連忙也用最快的速度躲過鬼臉，跳到火線另一側。

這些鬼臉不慌不忙地轉回臉來，又朝火線飄來，當來到火線缺口處時，它們爭先恐後地擠在缺口邊上，誰也不讓誰，一時間竟然擠住了。

胖子跺腳叫道：「大老李還沒過來呢！」

第二十五章　妖臉

程哥說：「鬼臉不敢咬他，先不用管！」四人圍著這根粗大的石柱直轉圈，考慮怎麼才能把它們弄倒。東子朝柱子猛踢幾腳，柱子紋絲不動，倒把東子的腿墊得生疼，他撫著腿說：「不行啊，哥幾個，這柱子太結實了，一點都不動！」

胖子說：「打幾槍試試？」四人四散退後，一齊朝柱子開火射擊，打得石柱上石屑四處亂飛，上面刻著的鬼臉圖案也被打得殘缺不齊。可身後那些鬼臉還是爭著搶著朝這邊衝來。

田尋焦急地說：「好像沒有效果！」

東子說：「再想想別的辦法呢？」

程哥汗珠都下來了：「還能有什麼辦法？」

田尋急得四處尋找，忽然，他看見了地上刻著的那八個梅花篆字：生還北斗，生天北極。田尋說：「程哥你看，這兩句話的意思是不是說，如果想要逃出生天，就必須得找到北極星？」

程哥說：「意思我們能猜出來，可這北極星究竟在哪兒呢？」

說話間，東子大喊一聲：「鬼臉又衝過來了，快跑吧！」

三人回頭一看，大批的鬼臉如同一堵霧牆慢慢朝四人壓來，這回可好，這些鬼臉擠得嚴嚴實實，一點縫隙都沒留，四個人想鑽空子溜走也不可能，東子叫道：

「這回可真崴泥了，怎麼辦哪？」

胖子哭喪著臉說：「程哥、老田你們快想辦法啊，我可不想死在這兒！」

第二十六章　地下廟宇

氣得程哥臉色發青，他罵道：「你他媽的不想死，難道我想啊？閉上你的嘴！」

胖子見程哥發了大火，也不敢再說什麼。東子抬手朝鬼臉牆連開數槍，子彈穿過鬼臉打在對面的銅燈檯上，發出清脆的聲音。

這時，田尋忽然靈機一動，他大聲說：「程哥，北極星的位置是不是在北斗斗柄的延長線上？」

程哥說：「是啊，怎麼了？」

田尋說：「咱們快找到北斗星的斗柄延長線，快！」

胖子問：「找這個有什麼用？」

程哥怒道：「叫你找就找，別問那麼多！」

地面上除了火焰，就是鬼臉牆，只能依稀看到田尋先前用粉筆畫過的北斗星那幾個圈，東子眼力最佳，他說：「我看到了，你們說的那兩個叫『開陽』和『搖光』的星就在那兒！」

田尋說：「順著開陽和搖光，看延長線通向哪裡？」

東子用眼睛一量，指著廳盡頭牆上一盞燈檯：「好像是指著這個銅燈檯！」

田尋說：「你確定嗎？千萬別看錯了！」

東子自負地說：「我的眼力夠當飛行員的資格！你信嗎？」

田尋說：「好，那我就信你一次！」他跑向那盞銅燈檯，飛身躍起抓住銅燈檯的燈杆，那燈杆在田尋身體重力帶動下，嘩的一聲向下滑動數尺。

忽聽「轟」的一聲巨響，那些鬼臉就像扔在油鍋裡的活泥鰍一樣，四處亂擠亂撞，好似大難臨頭一般。廳中那根粗大的石柱底部發出軋軋的巨響，竟向左側慢慢傾斜。程哥向胖子大叫：「胖子，小心砸了你！」胖子正處在石柱旁邊，嚇得他一跳老高，趕緊遠遠躲開。

十多米高的巨石柱直直倒下，重重地砸在牆壁上，將牆壁硬生砸出一個大洞。東子大叫：「有出口了，咱們快走了！」四人跳上石柱，踩著柱子往那大洞裡跑去。石廳裡的銅燈檯一盞盞地陸續熄滅，四人打開手電筒，一個接一個的跳進大洞裡。

四人跳進洞裡後，都被揚起的灰塵嗆得一陣咳嗽，等那四散飛舞的灰塵慢慢散盡後，大家舉起手電筒仔細一照，原來是一條長長的甬道。程哥邊咳嗽邊說：「那些鬼臉就應在『雲』上了，這麼說『雨雷風雲』四難就算過去了。」

東子說：「幸虧沒有九九八十一難，否則就是神仙也得累死了。」

胖子邊咳嗽邊問：「這是什麼地方……好好看看……咳咳！」

正說著，東子腳下踩到一樣東西，他用手電筒一照，卻是一副黑色的盔甲，東子奇道：「你們看，這地上有副盔甲！」

田尋也叫道：「這也有，還有頭盔和斧子！」

程哥說：「我這還有一柄長劍，這是什麼人留下的？」再仔細一照，一道石門下堆著大批的黑色盔甲、戰袍和各種武器。

東子撿起一隻頭盔，見這頭盔是用黑色精鐵鍛造而成，上面還刻著精美的虎紋，盔頂火紅的盔纓沖天而立。他邊看邊說：「我說幾位，這頭盔我怎麼看著眼熟呢？」

胖子拾起一柄斷裂的長劍劍柄，看了半天，說：「這怎麼有點像……像剛開始我們破了自來石之後的那些黑甲武士呢？」

田尋叫道：「沒錯，就是他們！看這裡有一根流星錘，還有一副被它砸碎的盔甲，我們怎麼又回這兒來了？」

他這一說，大家都沉不住氣了，程哥來到甬道另一頭，盡頭處有一道半開的石門，地上還有一根鐵棍。程哥頹然坐倒，說：「完了！這就是那扇自來石門，這鐵棍就是當時田尋用來破自來石機關的！」

胖子聲音顫抖地說：「這麼說，咱們費了九牛二虎的力氣，居然繞了一大圈兒，又……又繞回來了？」

田尋跑到自來石門外查看了一圈，沮喪地說：「沒用，那扇刻著洪秀全坐像的漢白玉石門關得死死的，沒有炸藥根本打不開門！」

東子用力踢了地上的一隻頭盔，恨恨地說：「就算炸開石門了也沒用，那口在十八層地獄殿裡的豎井不是也叫那老和尚給堵死了嗎？他媽的！」

程哥和東子點著煙抽起來，四人都坐在地上，就像四個洩了氣的皮球，誰也不說話。

不知多了多久，忽然田尋說：「還記得那幅上帝像嗎？」

三人齊抬頭，程哥說：「畫在石門上的那幅？」

田尋說：「對！那幅畫像是十字形的，而且有幾道線分別通過十字架的四個支叉，最後拐向十字架中心的上帝腳下，這道線應該就是從陵墓外一直到地宮入口的

第二十六章　地下廟宇

路線！這陵墓平面圖是個十字架，我們一共通過了雨、雷、風和雲四關，現在又回到自來石這裡，其實就是轉了一個大圈子。」

胖子說：「這我們知道，你是不是還想到了些我們不知道的？」

田尋說：「那當然了，那上帝像裡的線條轉一圈之後，就拐向了十字架中心，也就是說，從『雲廳』應該還有另一條路，可以通到上帝的腳下，至於上帝腳下是什麼地方我不知道，但肯定是有別的路可走，我們還應該回雲廳裡再找找看！」

程哥將手裡的煙蒂扔掉，說：「他說的對，我們現在就回去看看！」

胖子也忽然想起了什麼，說：「禿頭呢？禿頭還在那石廳裡呢！」

程哥也猛醒想起，說：「那就快去找他！」胖子和田尋兩人又鑽進洞裡去找禿頭。

回到北斗七星廳裡，廳裡的銅燈檯早已全都熄滅，那些鬼臉也不見了，廳中死一般的寂靜。兩人打著手電筒到處尋找禿頭，邊找邊喊，卻始終沒有禿頭的蹤影。胖子焦急地說：「這可怪了，人呢？」

田尋見紫水晶山洞的洞口仍然被人形棺蓋板堵著，也有點納悶，說：「這就麼大點地方，他能去哪兒呢？」

這時程哥和東子也進來了，問道：「老李怎麼樣了？」

田尋說：「沒找到他，不知道哪兒去了。」

東子說：「什麼，不會吧？這大廳一共就兩個出口，一個被石棺蓋堵著，另一個是咱們走過的，他還能蒸發了嗎？」

忽然程哥大叫道：「你們快來，看這裡有個洞口！」三人跑過去一看，那石柱底部倒下的地方，露出了一個兩米來寬的圓洞，裡面黑漆漆的，還不停地往外冒涼氣。

胖子高興地說：「石柱倒了才會露出這個大洞，太好了，看來這廳裡還是有其他出口，老田，還是你厲害！」

田尋說：「老李是不是從這兒下去的？」四人用手電筒向裡一照，只見一道石階直通地下。

程哥說：「別無他路，咱們下去看看！」

胖子急著尋找禿頭，於是他自告奮勇頭一個下去，三人緊隨其後。順著陡峭的石階向下走了一段路後，前方出現一個直直的通道，兩邊石板鋪就，上面呈拱形。盡頭處又是一段向上的階梯，這階梯盤旋回繞，左右相通，越走越高，到後來離地面竟有了十幾米的高度。

東子罵道：「一個破樓梯也修這麼複雜，真是吃飽了撐著！」

第二十六章　地下廟宇

程哥說：「你別光顧著罵娘了，小心別掉下去，那可就不好玩了！」正說著，忽聽遠處傳來一陣聲音，好似有人呼喊，又像發怒時的咒罵。

胖子一驚，立刻說：「好像是老李的聲音？」

東子說：「你聽錯了吧？想禿頭想瘋了？」

胖子肯定地說：「不可能聽錯！我和老李交往十幾年，他的聲音就算是變成鬼我也認得！」

程哥說：「聲音是從哪個方向過來的？」

田尋一指右前方說：「好像是那邊，但聲音飄忽不定，也說不太好。」四人朝右面走去，這階梯彎曲往復，走了半天倒似越走越遠了，那聲音不時響起，好像在引路。

胖子心下焦急，乾脆攏起雙手大喊：「老李，你在哪兒啊？」

那聲音忽然停住了，半晌悄無聲息。

東子說：「你看你瞎喊什麼？反倒沒聲兒了！」

田尋說：「你們看，這裡有個廟門！」

程哥說：「你別逗我們開心了，這陵墓裡頭怎麼會有廟門？」

田尋回頭說：「不信你看看那兒？」四把手電筒一照，前面果真出現了一座寺廟的山門，兩角飛簷斗拱，簷角上各蹲著五個角獸，表明這是諸侯級別的家廟，廟門漆成大紅色，金色的門釘橫豎排開，顯得威嚴莊重。

田尋用手電筒照了照廟門上的橫匾，見上面寫著「義王家廟」四個大字，胖子說：「義王是石達開嗎？」

田尋說：「石達開的封號是『翼』而不是『義』啊？」

程哥說：「這你們就不懂了，韋昌輝在天京被殺之後，石達開回京總理軍政大權，天王洪秀全封他為『義王』之號，比初始的『翼王』還要高上一等，和楊秀清差不多了。」

田尋說：「石達開的家廟怎麼修在洪秀全的陵墓裡了？」

程哥說：「也許是洪秀全為了紀念這員手下最有名望的大將吧？」

胖子說：「這就是那句謎語裡『聖神電』嗎？」

程哥說：「正是！胖子你終於也有點墨水了，真不容易！」

四人順石階來到廟門前，胖子說：「今天我是開了眼了，頭一回在陵墓裡看見和尚廟。」東子上去照廟門就是一腳，沒想到這廟門根本沒有門閂，應聲大開，東子倒差點把腰給閃了。進得廟裡，前面是一座寬大的庭院，中央有一座巨大香爐，院子後面是三間大殿，如果不是處在封閉漆黑的地下，這絕對是一座標準的雄偉寺廟。

來到前殿，門簷上大書「大雄寶殿」四個魏碑字體，推開殿門，迎面是一尊巨大的彩繪人像，一個中年男人身穿明式戰袍盔甲，手持長劍，背後肋生雙翅，顯得半人半神。

東子說：「這就是石達開了？還長著翅膀，那不成神仙了？」

程哥說：「這是洪秀全對他的神化，他不是叫『翼王』嗎？意思是說，石達開是洪秀全的左膀右臂，地位重要。」

石達開像前面有一個神案，上擺著一個牌位，寫著「聖神電通軍主將義王石達開之神像」。

胖子說：「果真是石達開。」

東子巡視一圈說：「這殿裡沒什麼東西了，我們去後殿看看？」四人推開後門，走進後院。後院裡仍然是三座宅院，左右還有廂房。

胖子說：「先去兩邊廂房看看怎麼樣？」

四人剛要去左廂房，忽然田尋說：「你們看，後殿裡有亮光！」東子急回頭看，果見大殿中似有燈光，一閃即無。四人迅速衝入大殿，登時嚇了一跳。大殿裡空無一物，卻端端正正地擺著四口大棺材。這四口棺材都是紅木漆就，三小一大，每一口都有一米多高，底座也是紅木雕花，每口棺材前還擺著一個牌位，仔細一照，上面分別寫著「義王尊母之神位」、「義王尊父之神位」、「義王妃之神位」、「義王世子之神位」，其中「義王尊母」那口棺材最大，橫著也有兩米多寬。

程哥「哦」了一聲，說：「原來這是石達開的四位家人。」

胖子說：「程哥，咱們合作盜……這個考古也有幾年了，我記得這棺材都應該放在墓穴中，怎麼能擺在家廟的後殿裡呢？這也不合適啊？」

程哥說：「這地方雖然是家廟，但也處於洪秀全的陵墓中，總的來說，還應該算是在墓裡，也就沒什麼合適不合適之說了。」

東子有點按捺不住了，他一躍身跳上棺材，兩腳分別踩在兩口棺材上，摩拳擦掌地說：「管他家廟，還是野廟，先打開再說！」說完從身後背包裡掏出伸縮撬槓，拉長後就要撬那口最大的棺材。

田尋上前阻止說：「石達開是個好人，他家人的棺材我們還是別開了，就當尊重一下他吧，再說這裡我估計也沒什麼好東西，咱們要弄就弄洪秀全的棺材，那裡肯定有很多陪葬品。」

東子立刻就翻了臉，他生氣地說：「我他媽最討厭別人擋我的財路，自打進到這個墓裡，你就一直和我作對，你什麼意思？尊重石達開的家人？你怎麼不尊重尊重我呢？」

程哥也勸說道：「東子，我的意思也是別開棺了，萬一再觸動什麼機關，咱們又要吃虧了。」

東子沉著臉說：「程哥，別說我不給你面子，我就算是出不了這個墓，也要混一個富死鬼，今天我非要開這個棺材不可！」

程哥知道他的脾氣，也知道東子這個人貪財如命，如果不是因為他當過兵，有一副好身手和好槍法，他是說什麼也不會邀之入夥的，但現在既已這樣，也沒什麼辦法。東子「噹」的一聲把撬槓釘入棺材縫裡，說：「胖子，快來幫忙啊！」胖子看了程哥一眼，程哥嘆口氣，站在棺材旁邊不作聲。

東子鄙夷地看了程哥一眼，說：「胖子別管他們，咱幹咱們的，打開棺材找到寶貝，我們倆每人分一半！」胖子是個隨風倒，腦子裡沒有準主意，聽他這麼一說也心活了，於是也掏出伸縮撬槓，插進棺材縫裡，兩人開始開棺。

這口棺材是石達開母親的，棺釘釘得很嚴，兩人費了半天力氣才撬開棺材，程哥就站在這口棺材旁邊，見棺材剛一露縫，連忙躲到一旁。

東子跳下來，和胖子一齊用力撬動棺蓋，棺蓋漸漸離開底座，等露出一米左右的間隙時，他用撬槓一頂，粗大的四棱棺釘慢慢從底座往出撥，發出「咯咯吱吱」的響聲，忽聽「刷」的一聲響，從棺材裡猛然伸出一隻青色手臂，一把掐住東子的脖子。

這隻手臂粗如大腿，上面肌肉虯結，青筋暴起，比正常成人的手足足大了一號，東子被掐得臉憋通紅，噹啷一聲撬槓落地，他雙手用力去掰那大手的手指，可絲毫不動，胖子嚇得半死，他掄撬槓猛砸向那青色大手的手臂，如同砸在橡膠上一樣，撬槓發出嘭嘭聲，可那手臂卻一點沒動。

程哥見勢不妙，連忙掏出手槍朝那手臂射擊，子彈擊中後也如同泥牛入海，絲毫無效。田尋撥出軍用匕首，衝上去一刀扎在手臂上，刀口處頓時噴出青色的血，狀極嚇人。那手臂似乎受了疼，鬆開東子後又縮回棺材裡。

東子捂著脖子癱倒在地，連連咳嗽，差一點就休克過去。胖子上前幫他連捶後背，這才漸漸緩醒。

程哥沉著臉埋怨他說：「東子，你怎麼就不聽勸呢？我們事先訂好了的，一切行動由我負責指揮，可這一路上你擅自行動不是一回、兩回了，每次都是危險重重，難道你不怕死嗎？」

東子喝了口胖子遞上的水，邊咳嗽邊說：「我當然怕死了，但是我更怕窮！沒有錢就什麼都沒有，要不咱們來這墓裡幹嘛來了，真是來考古嗎？不過是唬唬那個外來人罷了！」

程哥斥道：「你胡說什麼？快閉嘴！」田尋冷笑一聲，並沒有說話。程哥知道田尋心裡的想法，剛要說句遮掩話，忽聽「咣啷」一聲，剛才撬個縫的棺材蓋整個脫離了底座，好像有人在棺材裡面狠狠向上踢了一腳似的，猛然彈起老高，「砰」的一聲大響撞在殿頂後又落地，揚起不少灰塵。

巨大的聲音在殿裡嗡嗡迴響，震得四人耳朵發木、腦袋發麻。這棺材蓋是紅木打造，厚度足有一尺，少說也得個一、兩百斤重。胖子嚇得躲在牆角，端著手槍的手不住顫抖，手電筒都不敢朝棺材處照。程哥壯著膽子舉手電筒一照，只見從那敞著蓋的棺材裡飄出白色霧氣，一個黑色人影慢慢從棺材裡坐了起來。

第二十七章　屍變

四個人都嚇得魂不附體，都是長這麼大頭一回看到棺材裡的死人復活，程哥更是緊緊捂住鼻子，生怕聞到什麼氣味。四個人不約而同地都把手槍和手電筒瞄向這個黑影。黑影慢慢坐起來後，又扶著棺材邊往外爬，從身形來看是個中等個兒，四肢也正常，肯定不是剛才伸出來的那隻粗大的青色手臂。

胖子看著這黑影，心裡忽然感覺有些異樣，正核計時，那黑影步履蹣跚地朝四人走來。東子剛才吃了大虧，精神最是緊張，一看到棺材裡爬出僵屍，他再不猶豫，手中槍吐火舌，朝黑影猛烈開火。黑影被打得一陣趔趄，差點倒在地上，可晃了幾晃後，又繼續走來。

田尋奪過胖子手裡的撬槓，像投標槍似的用力向黑影擲去，尖銳的撬槓頭正插在黑影胸口，那黑影口裡發出嗞嗞的聲音，似乎很是痛苦，更加站立不穩，雙手抓住撬槓向外一拔，竟然將撬槓硬生生拔了出來，只是動作更加緩慢，低著頭一步一挨，似乎隨時都能栽倒。

東子見僵屍也不過如此，他膽子大了，拾起手邊的撬槓閃電般衝上前，「嘿」

的一聲，撬槓出手，直插入黑影的腦袋，這一下用力過猛，撬槓竟然從黑影的腦後穿出，那黑影怪叫一聲，帶著撬槓仰面倒下，再無聲息。

胖子聽到那黑影的怪叫聲，心中猛地一顫，跳起來大聲道：「別打他，他是老李！」

東子一聽胖子的話嚇了一跳，驚道：「什麼？這僵屍是……是老李？」胖子衝到黑影身邊，用手電筒一照這人的臉，只見他臉上五官難辨，但依稀還有幾分相似，而身上則是焦黑一片，好像剛從炭爐裡鑽出來似的，那根撬槓直直插在腦中，立而不倒。

程哥也跑過來，仔細看了看這僵屍說：「這是老李嗎？看著倒有點像，但不能確定。」田尋忽然看到那僵屍左手腕上似乎有個東西，仔細一照，竟是一只手錶，胖子一把擼下手錶，擦掉上面的黑灰，清晰可見是一隻日本製造的「西鐵城」光動能運動手錶。

程哥說：「這是……是禿頭戴的錶嗎？」胖子翻過錶殼擦了擦，見背面赫然刻有兩個歪歪扭扭的大寫英文字母「L-I」，胖子頓時放聲大哭，原來這只錶是五年前胖子送給禿頭的生日禮物，當時為了做個記號，他還特地在背面刻上了禿頭的姓氏字母「李」。

一見是禿頭被殺，三人都心生涼意，程哥也忍不住眼淚湧出，說：「老李啊，是我們對不住你啊！」

胖子一把揪住東子的脖領，大罵道：「你為什麼殺了老李，為什麼殺他？我操你大爺！」

東子見他像發了瘋似的，不免有些害怕，連忙用力推他說：「你瘋了？我怎麼知道是禿頭？還以為是僵屍呢！」

胖子又抓住田尋大哭道：「你為什麼也出手打他？你個王八蛋！你知不知道老李和我是生死兄弟，他救過我的命啊！」

田尋爭辯說：「我哪裡知道他是老李？」

程哥見胖子過於激動，連忙用力扯開他，斥道：「王援朝，你清醒一點！他已經不是老李了，他自從被那神出鬼沒的黑影咬過之後，就已經變成半人半鬼了，就算我們不殺他，他早晚也會害了咱們！」

胖子跌坐在地，不住地哭泣。東子不以為然地說：「一個大老爺們，你丟不丟人？人死不能復生，咱們還得想下一步的法子呢！」

胖子指著他大罵：「你他媽沒人性，死的不是你爹娘，你當然無所謂了！」

這句話罵得東子火冒三丈，他騰地站起來說：「王胖子，你他媽的敢罵東爺？

看我不花了你丫的！」說完衝過去照胖子臉上就是一腳。胖子下意識向後一仰，但還是被刮到了鼻子，這一腳踢得極狠，胖子頓時滿臉鮮血倒在地上，這一來他也失去了理智，舉手槍向東子射擊，東子一縮頭躲過子彈，上去還要打他。

程哥見兩人都下了狠手，心知這內鬥是最要命的，他向田尋一使眼色，衝上去將東子死死抱住，田尋也上前奪過胖子的手槍，將兩人遠遠分開。

程哥大聲說：「東子，你們倆打出個你死我活能怎的？咱們還要不要活著出去了？」

東子借著勁兒說：「不管能不能活，我他媽先整死他再說！」

程哥說：「你們倆要是真想打，就等出了墓再打，到時候誰死誰活都沒人管，可現下我們必須活著走出這個大墓！」

東子漸漸冷靜下來。田尋掏出藥紗布擦乾胖子臉上的血，胖子臉上裂了一個小口，鮮血直流，田尋用藥紗布給他包紮上，又讓他喝了點水。胖子走到禿頭屍體跟前，把那塊手錶又給他戴上，回來靠在殿門上流著淚說：「我和老李出生入死十多年，沒想到落到這個下場，真是沒想到啊！早知道會這樣，我說什麼也不能和他到這來，這可讓我怎麼向老李家人交代啊！就為了那三十萬塊錢，三十萬哪，卻丟了命！」

田尋一聽他說「三十萬塊錢」，心中一震，剛要問他，程哥卻開口打斷說：「好了老王，咱們先休息一會兒，再找找看有什麼可疑的東西沒有。」

田尋說：「說來也怪，這老李是怎麼跑到棺材裡的呢？難道也是那黑影幹的事？」

程哥說：「肯定是他！那傢伙在暗中一直跟著我們，咱們現在少了一個人，要千萬小心不能落單，別著了那王八蛋的道。」

胖子恨恨地說：「我要是不宰了那黑炭頭，都對不起老李救我的這條命！」

田尋也喝了口水，靠坐在後殿門上，說：「這傢伙很是狡猾，對付他可不太容易，關鍵是他不肯輕易露面，總是想單獨將我們一一弄死。」

東子坐在地上說：「這傢伙和我們有什麼仇？非要置死咱們不可？」

田尋說：「可能他是給洪秀全守陵的，專門對付進入陵墓的每一個人。」

程哥說：「我不這麼認為，現在也沒必要隱瞞了，那傢伙是從紫水晶山洞的圓廳人形棺材裡出來的，既然是守陵的，卻為什麼先要把他葬在石棺裡？」

胖子一聽，忙問：「你說什麼？你怎麼知道他是從那人形棺材裡出來的？」

第二十七章　屍變

田尋說：「那棺材蓋裡有很多用手指甲硬生生摳出來的劃痕，應該是他在活著時就壓在了石棺裡，是被活活憋死的。」

胖子說：「什麼？那既然憋死了，怎麼還能爬出來？」

田尋說：「我剛才看到禿頭的慘狀後，覺得有些似曾相識。」

程哥說：「你的意思是？」

田尋說：「你們還記不記得，從水廳出來之後遇到一扇漢白玉石門，上面還畫著上帝像的那個？」

東子說：「對啊，怎麼了？」

田尋說：「那漢白玉石門打開後，門口跪著一具黑漆漆的女人屍骨，那屍骨身上的症狀就和剛才老李一模一樣，都是渾身炭黑，五官難辨。」

程哥說：「繼續說下去？」

田尋說：「那女人屍骨跪在門前，應該是想逃出門去，但是晚了一步，從她的姿勢來看，張大了嘴，雙臂作掙扎狀，應該是在抗拒，或是躲避著某種力量。」

東子說：「也許是被火給燒的？」

田尋點頭說：「有可能。但還有一件事，在十字架墓穴那裡，石臺上刻著幾幅圖，其中一幅是洪宣嬌用一只瓦罐裝著一些黑點，傾倒在楊秀清的墓穴之中，那沒了腦袋的楊秀清居然雙手掙扎，好像活了一般，這不說明問題嗎？」

東子疑惑地問：「說明什麼問題？你就別賣關子了，痛快兒說吧！」

田尋看了他一眼，說：「那洪宣嬌很可能是掌握著一種神祕的巫術，她將這種巫術施在了楊秀清的身上，為了要達到一種詛咒或是懲罰的效果。至於這種巫術會產生什麼樣的效果，我們不得而知，可在魔鬼宮殿裡的斷橋上，曾經擺著一只瓦罐，後來被我給踢到了橋下，那只瓦罐無論是外形還是模樣，都和十字石臺上圖案中，洪宣嬌手持的瓦罐幾乎是一樣的。」

胖子聽得一陣發冷，可還是沒明白田尋的意思是什麼，程哥臉色越來越陰沉，他說：「你的意思是說，你在橋上看到的那只瓦罐，很可能是當時洪宣嬌用來在楊秀清身上施巫術的那個？」

田尋點點頭：「很有可能。可那瓦罐為什麼會被放在橋上？洪宣嬌為什麼不將它拿走？那只有一種可能。」

胖子搶答道：「是她慌忙中扔掉的！」

田尋說：「對！你說的沒錯，她一定是遇到了什麼非常危險的事情，以至於想要慌忙逃出墓穴，在經過橋時覺得這瓦罐是個累贅，於是順手將它放在橋上，棄它而去，可最後她還是晚了一步，沒有趕在漢白玉石門關閉之前逃走，就死在了門前。」

這話一出，三人都驚呆了。東子說：「你是說……那具在門前跪著的屍骨是……是洪宣嬌？」

田尋點點頭：「對，還記得在五行石廳中，我們發現有十幾具石匠的屍骨嗎？如果說參與修陵的工匠洪秀全都想殺掉的話，可這大墓如此複雜，參與的工匠往少了說也得有上萬人，為什麼我們在其他地方沒有發現一具工匠的屍體，而只在五行石廳裡有那麼十幾具？是因為那些工匠只是為陵墓做最後修繕收尾工作的人，本來工作還沒有完成，可洪宣嬌惹了大麻煩，監督陵墓的人怕什麼東西跑出來，於是在外面觸動了陵墓的總閘，關掉了一切石門，不但洪宣嬌沒能出來，連那些做收尾工作的工匠也跟著吃了瓜落兒，一塊餓死了。這應該是最合理的解釋。」

胖子說：「程哥，你怎麼看？」

程哥一直默不作聲，見胖子問自己，但開口道：「我同意田尋的推理。但還有一個問題，就是洪宣嬌遇到了什麼大麻煩，以至於連施巫術的道具都不要了？」

胖子和東子都問：「對啊，什麼事能讓她慌成這樣，見了鬼嗎？」

田尋說：「對，她是見了鬼了。但這個鬼不是其他的鬼，而正是洪宣嬌自己造出來的鬼。」

東子不解地說：「什麼？她自己造出來的鬼？」

田尋說：「你們忘了在十字石臺上曾經刻著四句話：十誡加身，勿近勿動。違者遭譴，生不如死。當時我說過最好別動那十字墓穴，但你們還是動了，我估計在那時就已經驚醒了什麼東西，並且盯上了咱們。」

他說完這話後，程哥不由得臉上有點掛不住。因為當時正是他極力主張打開楊秀清的墓穴，想獲得一些陪葬品。他咳嗽一聲，表情有些不大自然。胖子又問：「你的意思是說，洪宣嬌在楊秀清身上下了巫術，而咱們動了他的墓穴，這傢伙就復活了？」

東子說：「不可能！我可記得那楊秀清的無頭屍骨掉在蜘蛛蛇的絲網上，後來又被我們點著給燒了，那屍骨七零八落的，根本不可能是僵屍，這一點我還是敢打包票的！」

田尋說：「我沒說復活的是楊秀清，而是另有其人。」

程哥說：「什麼意思？」

田尋說：「那石臺上的圖案我們都看到了，洪宣嬌和韋昌輝擺了鴻門宴請楊秀清吃飯，在席中韋昌輝一刀砍掉了楊秀清的腦袋，後來洪宣嬌為了練習她的巫術，就把楊秀清當成試驗品，在洪秀全陵墓施工的同時給他下了巫術，這巫術我們暫時

第二十七章　屍變

可以稱作『十誡』術，那石臺上不是也寫著『十誡加身，勿近勿動』的嗎？」

胖子說：「你怎麼肯定楊秀清一定被下了『十誡』術呢？也許是有人故弄玄虛，用來嚇唬人的？」

田尋搖搖頭說：「不可能。你們還記得嗎？那楊秀清的屍首在蜘蛛大蛇的絲網上被我們用打火機點著了，大紅殮服燒光之後，露出裡面焦黑的屍骨，按常理來講，普通衣物燃燒時的溫度不過幾百度，根本不可能把一副屍骨燒成焦黑。」

程哥說：「你的意思是，那屍骨在被我們點著燃燒之前，就已經是焦黑的了？」

說完田尋喝了口水，胖子急迫地追問：「你怎麼這麼磨蹭？快說下去！」

田尋說：「還不讓我潤潤喉嚨嗎？」

他喝了幾口水，繼續說道：「就是這個意思，楊秀清應該是首先被施了『十誡』術的人，他雖然被下了『十誡』，但卻沒什麼效果，剛才東子也說了，那屍首七零八落，顯然毫無殺傷力，那是因為這『十誡』術失敗了，原因我們不太清楚，但楊秀清被施術時早就腦袋搬家了，所以據我猜測，很可能與這個有關。」

東子說：「你說的倒有點道理，可那個黑炭頭又是從哪兒來的？」

田尋說：「那黑影應該是第二個被施以『十誡』的人，當時他應該是個活人，所以這巫術就生效了，並且一直陰魂不散地跟著我們。」

程哥接過田尋的水壺喝了口水，說：「你的意思是說，洪宣嬌知道楊秀清身上的巫術沒成功，所以就又弄了一個黑炭頭？」

田尋說：「或者是她並不知道楊秀清身上的『十誡』失敗了，只是想多練習一下自己巫術的水準而已。」

胖子問：「這個所謂的『十誡』術究竟有啥用處？」

程哥說：「估計肯定比死還難受十倍，要不然洪宣嬌也不能費這個勁。」

田尋說：「在《聖經》裡就有關於這個『十誡』的敘說，可不知道和巫術怎麼扯上的關係。」

胖子讚嘆地說：「老田，你簡直就是中國的福爾什麼……什麼斯，真服你！」

田尋說：「這也只是我的猜測。」

東子又問：「這個洪宣嬌究竟是什麼來頭，為什麼搞這個巫術？」

田尋說：「我猜她應該是壯族人，那壯族祖祖輩輩居住在廣西和雲貴一帶，應該是和苗族學了一些下降頭、痋術和毒蠱之類的巫術吧！」

胖子也問道：「那個黑炭頭又是什麼身份？我估計肯定不是普通人吧？」

田尋說：「那是肯定的。普通人絕對不會在洪秀全的墓裡出現，如果沒達到一

第二十七章　屍變

定的級別，洪宣嬌可能還不屑在他身上施術。」

程哥說：「那他會是誰？」

田尋掰著手指說：「楊秀清砍頭了、蕭朝貴戰死了，馮雲山也戰死了、韋昌輝被洪秀全殺了，石達開被清軍淩遲了，李秀成被俘了、陳玉成失蹤了……陳玉成？」

程哥說：「難道是陳玉成？」

田尋說：「這可不太好說。」

胖子說：「管他是誰，反正咱們得把他幹掉就是了。」

正在這時，忽然聽見旁邊傳來窸窸窣窣的聲音，四人轉頭一看，不由得嚇了一大跳，胖子更是體如篩糠：「我的天，禿頭又活了！」

只見原本躺在地上、渾身焦黑的禿頭，竟又晃晃悠悠地爬了起來，腦袋上還插著那根撬槓。只見他步履蹣跚，直向那口最大的棺材走去。東子抬槍就要打，程哥一擋他說：「等會！看看他想幹什麼？」

四個人戰戰兢兢地盯著禿頭（或者應該稱為僵屍了），看他走到那口「義王尊母」的棺材旁，踏上底座，雙手扳著棺材邊想往裡爬。

胖子看得呆了，這禿頭是怎麼了？不由得張嘴喊了一句：「大老李，你幹什麼？」

第二十八章　暗道

禿頭停了一下，又繼續向棺材裡爬，好容易爬上棺材，想側頭躺下，但頭上還插著那根伸縮撬槓，橫在棺材上擋著進不去，禿頭雙手抓住撬槓向外拔，幾次用力之後，終於把撬槓從腦袋裡硬拔了出來。噹啷一聲扔在地上，整個身子躺進棺材裡，隨後再無聲息。

過了半晌，胖子忍不住問道：「程哥，咱們是不是……過去看看？」

程哥站起身來說：「過去看看！」

四人來到那棺材旁邊，東子壯著膽子向棺材裡一照，回頭向程哥說：「棺材裡是空的，什麼都沒有！」

這下四人都傻了，剛才明明眼看著禿頭爬進棺材，怎麼一轉眼就不見了？東子在棺材裡四處搜索，邊找邊說：「這麼大個棺材，連一個銅錢都沒有，真他媽窮死了……哎，這底板怎麼是活動的？」

田尋也扒著棺材往裡看，果然見棺材的底板邊有個凹槽，東子用手一推，整塊底板就落了下去，底下露出一個石板斜坡。

第二十八章　暗道

東子說：「果然有祕密！這棺材底下有暗道！」

胖子說：「那咱們快下去吧？」三人摩拳擦掌準備下棺材，可在一旁的程哥卻扭扭捏捏，臉色很不自然。

胖子說：「老程，你想什麼呢？」

程哥說：「你聞聞那棺材裡頭有什麼異味沒有？」

胖子抬鼻子仔細聞了聞，說：「沒什麼異味啊，除了木頭味，就是油漆味，我說老程，你不會膽小到連棺材也不敢看吧？」

田尋也說：「這棺材並不是真正用來盛殮死人的，不用怕！」

胖子說：「你看看，連田尋一個新手都不怕，你怕什麼啊？」

程哥有點不好意思，欲言又止。胖子和東子將程哥拉上來，四人先後鑽到棺材底下的斜坡裡。

這個斜坡有點像小時候玩過的滑梯，相當陡峭，四人將強光手電筒咬在嘴裡，用雙手撐著兩邊的石壁慢慢往下走，田尋走在最後，忽然他腳下打滑，身體猛地向前衝去，正好撞在胖子身上，胖子又撞到了程哥，這一連串的相撞把四個人撞得順斜坡急速滑下，四人大叫著停不下來，也不知滑了多遠，最後四人都衝出滑道，凌空掉在一個軟綿綿的地方。

四人摔得頭暈目眩，一時間也不知道在哪兒，田尋伸手去摸手電筒，卻摸到了一堆又軟又彈的東西，有點像麵團，又像人身上的脂肪團，比如女人的乳房，而且還在慢慢蠕動。

胖子說：「這是在哪兒？我的手電筒呢？」

東子也說：「這黑漆麻黑的是什麼地方？」

程哥說：「大家都沒事吧？」

田尋終於摸到了自己的手電筒，強光手電筒已經陷在這些軟乎乎的東西裡面，好容易才拽出來，仔細一照，頓時嚇得渾身的汗毛都豎起來了，他大叫道：「蟲子，全是大肥蟲子！」

他這一叫，另外三人也嚇得夠嗆，胖子乾脆也沒敢去看，連忙閉著眼睛手腳並用，想爬離這些東西。東子也找到了手電筒，一照之下也嚇傻了，只見到處都是大堆肥肥白白的蟲子，還在不停爬動，互相擠擠挨挨、扭個不停。四人感到身上都起了一層雞皮疙瘩，對這種肥蟲子十分厭惡，連忙都朝外爬去。

這裡似乎是一個大坑，好在這些蟲子不咬人，也不放毒，四人好像在水裡游泳一樣，費力地爬出了大坑。出來之後，四人忙不迭地撲落身上的衣服，生怕有肥蟲子沾上。

第二十八章　暗道

胖子對這些蟲類東西很害怕，他聲音發顫地說：「這是什麼……什麼東西？可嚇死我！」

田尋也說：「真噁心！就感覺跟掉進妲己的蠆盆裡似的！」

胖子說：「什麼盆？」

程哥心有餘悸地說：「蠆盆是商紂王時期的一種刑具，是蘇妲己發明的，在一個大坑裡放滿了各種毒蟲蛇蠍，再把人扔進去，活活讓牠們吃光。」

聽了程哥的解釋，胖子嚇得腿一軟差點沒坐地上，說：「感謝老天爺！幸好我沒掉進蠆盆裡！」

四人定了定神，用手電筒一照，見這裡是一個寬闊的石室，石室周圍擺著一排排的兵器架，上面刀槍、劍、戟、斧、鉞、鉤、叉樣樣齊全，在手電筒照耀下閃著寒光，一看就是戰場上用的真傢伙。石室對面處有燈光閃爍不定，似乎還坐著一個人。

程哥說：「那邊好像有人！」

田尋說：「咱們過去看看！」四人打起精神朝石室盡頭走去。來到近前一看，原來又是一個神案，案前供著一尊精美的漢白玉人像，這人像頭戴戰盔、一身鎧甲，端坐在座椅之上，右手食指探出拄握劍柄，左手撫腿，從五官上看，跟義王家廟前殿裡義王的雕像是同一個人，案上有一神位，上書：太平天國義王小宋公明之位。

胖子說：「這神位怎麼和家廟裡的字不一樣？還出來個『小宋公明』呢？」

程哥說：「石達開自比梁山好漢宋江，自號『小宋公明』，意思是說他和宋江一樣講義氣，仗義疏財、為人正直。」

神案前還有一個石刻跪像，也是真人般大小，只是這跪像頭伏在地，看不清長相。田尋說：「這人又是誰？為什麼跪在石達開的神像前面？」

胖子說：「肯定是對不起他的人了，你沒見岳飛廟那兒還跪著秦檜夫妻嗎？」

田尋說：「對不起石達開的人可多了，楊秀清看不起他，韋昌輝殺了他全家老小，洪秀全猜忌、排擠他，曾國藩要了他的命，這些人都和他有仇。」

忽然東子厲聲叫道：「什麼人？」

三人忙回頭看，東子用手電筒一照，只見一隻狐狸從角落裡跑了出來。胖子說：「快看，這狐狸背上還有鰭呢！」

三人仔細一看，果然這隻狀似狐狸的動物背上長著一塊像魚鰭似的東西。這動物轉頭看了四人一眼，又迅速跑開，轉眼間隱沒在黑暗之中。

程哥說：「這又是什麼古怪東西？」

第二十八章　暗道

田尋想了想，說：「我記得我在看《山海經》時，上面提到過一種動物叫做朱獳，長得像狐狸，背生魚鰭，牠的鳴叫聲就是自己的名字，只要這種動物一出現，就會有……」

東子問：「有什麼？」

田尋看了看三人，說：「唉，古書上的東西，不足為信。書上說，只要這種動物在哪兒出現，那裡就會發生恐怖的事情。」

胖子一聽，臉馬上變白了。他本來膽就小，自打進了這大墓裡，古怪的遭遇層出不窮，胖子的神經早就有點繃不住了，隨時都有崩潰的可能性，於是帶著哭腔說：「我說老田哪，你就別嚇唬咱們了成不？我可盯不住了。」

田尋說：「我不是說了嗎？那《山海經》裡的東西大多是不可信的，你別太在意了，我只是看到那動物覺得有點像而已。」

東子說：「就是，看把你嚇得那副德性，沒出息！」

胖子鐵著臉看了看東子，沒搭理他。

程哥走到石廳中央說：「你們看，這地上還有一副盔甲！」三人過去一看，只見地上散落著一副黑色的盔甲，盔甲上放著一隻頭盔，盔纓是白色的，旁邊還有一柄長劍。

田尋說：「這盔甲似乎是什麼人留下的，難道是石達開生前的戰甲？」

東子說：「石達開穿過的盔甲？值多少錢？」

程哥說：「你就知道錢，這只是一副盔甲而已，不值錢！」

東子說：「既然不值錢那還浪費什麼腦細胞？咱們還是找找有啥值錢東西吧！」

忽然胖子說：「我說咱們忘了一件事啊，禿頭不是也下來了嗎？怎麼沒見他的影子？」

程哥說：「說得也是。哎，那邊好像有個人影？」程哥一指石廳牆角處，果然有一個黑影在慢慢移動。四人散開呈扇形，漸漸逼近那黑影。

只見那黑影忽然順著牆根一拐，人就不見了。四人走近牆拐角，找了半天也沒發現這裡有出口。

東子說：「真他媽怪事了，明明是在這兒消失了，難道蒸發了嗎？」田尋伸手在牆壁上來回彈敲，忽然有一處地方聲音明顯不同，他用手使勁一推，「嘩」的一聲，一扇石頭暗門旋轉而開。

三人驚喜不已，連忙跑過來，四人低著頭走進門洞一看，這裡是一個內室，屋中擺著大大小小很多箱子，高高低低地散放在一起。東子走過去，見每只箱子都上

第二十八章　暗道

了鎖，蒙著很厚的灰塵，顯然很久都無人動過，他高興地說：「胖子快來開鎖，這箱子裡頭肯定有寶！」

胖子哼一聲，說：「你讓我開我就開？你以為你是誰？」

東子冷笑著說：「你他媽的還跟我過不去是嗎？行，我自己開！」說完掏出手槍，砰地打壞了鎖，一腳踢開箱子蓋，頓時精光四射，箱子裡竟然滿滿的都是金條！

自從四人進了這陵墓裡，還是頭一次看到真正的值錢東西，東子眼睛差點被金條給晃瞎了，他興奮地抓起金條大叫：「找到寶貝啦，發財啦，哈哈哈！」胖子和程哥也按捺不住，跑去開其他的箱子鎖，只見這些箱子裡有的裝著金條、銀錠，有的則是珍珠項鏈、手鐲和各種玉器，價值不菲。

胖子抄起一根金條扔給田尋，說：「還愣著幹什麼？這都是咱的啦，哈哈哈！」

田尋雙手接過沉重的金條，見金條上刻著「太平天國鎮庫金」七個字，知道這是當時太平天國國庫裡的金子。

程哥也有點控制不住自己，這廳裡數十箱子珠寶，至少也能值上千萬元，他說：「可惜咱們搬不動，要不就都給他搬出去，夠我們花幾輩子的了！」

東子更是興奮得眼冒金光，他邊翻看珠寶邊說：「這些東西我得都帶走，以後就再不用幹這見不得人的勾當了！」

程哥畢竟經驗豐富，他興奮了一陣子，漸漸又冷靜了下來，心想：這些東西雖然值錢，但以現在四人的能力，根本無法帶出陵墓，何況現在還沒有找到陵墓的出口，就是東西再多也沒用。他見田尋站在一邊，似乎對這些珠寶不甚感興趣，走過去對他說：「你在想什麼？是不是想這些錢帶出去之後怎麼花啊？哈哈。」

田尋說：「程哥，你覺得這些東西對咱們有任何用處嗎？」

程哥說：「錢當然有用了，有錢能使鬼推磨嘛！」

田尋說：「我們現在連能不能活著出墓都是未知數，這些金銀珠寶只能增加負擔，根本沒有半點作用。」

程哥很意外他在金錢面前還能保持冷靜，於是說：「那你怎麼看？」

田尋說：「現在的首要任務是活著出去，如果讓我選擇，我寧願一分錢也不要，只要能出墓。」

東子解下背包說：「得了吧，你就別裝了，我不信你對錢沒興趣？我可是窮怕了，只要有錢花，讓我少活十年都成！」他將背包裡的東西一股腦兒全倒出來，再把金條和珠寶使勁往背包裡裝。

第二十八章　暗道

程哥說：「東子，你幹什麼？你把裝備都不要了，一會兒遇上困難怎麼辦？再說這麼多珠寶你背得動嗎？」

東子頭都不抬地說：「背不動我就拖著走，反正我是不能放過！」胖子受了他的感染，也卸下背包往包裡塞金條，兩人忘記在田尋面前掩飾身份，變成了兩個偷寶賊。

看著兩人的醜態，田尋不禁啞然失笑，雖然他也知道金條值錢，可在這種處境下，金條顯然沒有任何用處，他轉回頭，在廳裡四處查看。

忽然，他發現在牆壁裡嵌著一扇漢白玉石門，門上有兩個純金門環，上面用虎頭吞口裝飾，中央有一把巨大的圓形門鎖，門兩邊寫著八個大字：

「珍寶任取，此門勿開。」

程哥過來一看，說：「這石門裡有什麼見不得人的東西，為什麼不讓開？」

這時，東子已經裝了一大背包的金條，他拖著背包過來說：「你們看什麼呢？哎，這門是幹什麼用的？『珍寶任取，此門勿開』，這是什麼意思？」

田尋說：「就是說箱子裡的東西讓咱們隨便隨便拿，但這門別開。」

「不讓開？為什麼不讓開？這裡頭肯定有寶！」東子一把扔掉背包，焦急地喊胖子，「快過來，這還有好東西！」

胖子也早忘了剛才和東子的矛盾，忙跑過來說：「什麼好東西？在哪兒呢？」

東子指著石門說：「快把這門鎖打開，快！」

胖子看了看門兩邊的字，說：「『珍寶任取，此門勿開』，人家可說了不讓開這門啊？」

東子說：「你怎麼這麼笨呢？這門裡頭肯定有更值錢的東西，要不怎麼能不讓開？」

程哥疑慮地說：「不會是洪秀全耍的詭計吧？」

胖子說：「不可能！你想啊，如果門裡頭有什麼機關暗器，人家巴不得讓咱們進呢，既然說不讓進，那就一定有值錢東西！」

東子說：「這鎖你會開嗎？」

胖子從小學開鎖，受過很多高手的真傳，只要一見到形狀奇特的鎖，這心裡像耗子抓似的癢癢，忍不住就想試試。

這把鎖呈圓形，像一個大大碗公平扣在石門上，鎖身是漢白玉的，碗底上嵌著一個純金打就的圓形鎖芯，鎖芯中央是個梅花形的鎖眼，四周刻著精細花紋。

東子說：「這是什麼鎖？」

胖子看了看鎖，說：「應該是對頂梅花芯，試試看吧。」說完，他跑過去在地上撿起萬能鑰匙，蹲在石門前開始開鎖，東子則用強光手電筒給他照亮。

田尋說：「咱們已經得了不少金銀，為什麼還非要開這個門不可？胖哥，我覺得沒有這個必要！」

可兩人哪裡聽得進去，東子不屑地說：「胖子，別管他，開鎖！」

程哥無奈地搖了搖頭。

胖子將萬能鑰匙分成五組，每組是一個帶鋸齒的細鋼片，他將五個鋼片分別小心翼翼地插進梅花形鎖眼中，一面緩緩探入，一面閉著眼睛，感覺手上傳來的細微阻力，以便隨時調整動作。

胖子忙著開鎖，東子則在一旁不住地詢問：「怎麼樣了？有門兒嗎？能打開嗎？」

胖子不動聲色地說：「閉嘴。」

第二十九章 此門勿開

東子頓時沒聲了，他雖然不會開鎖，但也知道這絕對是一種技術含量極高的工作，幾年前他就聽人說過，說是一個傢伙從古墓裡得到了一只裝有極品珍寶的寶箱，他請了個開鎖高手，那人足足用了五天五夜的工夫，後來鎖打開了，這高手也累得險些吐血。

胖子眯縫著眼睛，兩隻手共同操縱著五隻鋼片。他的手跟他的人一樣胖，十個手指就像十根又短又粗的胡蘿蔔，按常理說這樣的手一般都不太適合搞藝術和幹細活兒，比如彈鋼琴、繪畫、書法，以至繡花等等，很少有人看見哪位著名的鋼琴家操著粗如短杵的手指在琴鍵上行雲流水，或是哪個端莊秀麗的大家閨秀端坐繡花，手指卻又粗又短，先不說別的，打眼看上去就不協調。

而胖子卻絕對是個特例，他左手夾著兩根鋼片，右手則同時夾三根，十個手指靈活得如同技藝高超的外科手術師，而那五隻鋼片像五把手術刀，在他的操控下同時工作。

忽然，胖子的頭微微一動，臉上肌肉抽搐了一下。

第二十九章　此門勿開

東子忙問：「怎麼了？」

胖子不答，只是皺了皺眉，他一會兒動動左眼皮，一會兒又抬抬右眼角，表情十分滑稽，似乎手上遇到了什麼難處。

忽然，胖子兩眼睜開，雙手齊動，那純金鎖芯開始跟著五根鋼片旋轉，東子急切地問：「行了嗎？」

胖子並不答話，又轉了多半圈，只聽「喀」的一聲輕響，純金圓柱鎖芯居然彈出了一截。

東子欣喜若狂，說：「快開了，快開了！」

胖子將四根鋼片抽出，只留最後一根鋼片，然後他用右手拇、食兩指捏住鋼片來回搓動，就像大夫給病人扎針灸似的。

又是一聲輕響，純金鎖芯又彈出一截，胖子大叫一聲：「有了！」急速抽出鋼片，扔在地上。

東子樂得一跳老高，伸手剛要去拉門環，手上的強光手電筒卻滅了，他咒罵一聲，趕忙跑去找備用電池。胖子打開了這個複雜至極的對頂梅花芯鎖，高興得不得了，他也沒多想，一手撿起手電筒，另一隻手就去拉那門環。

程哥大喊一聲：「胖子，小心點！」胖子下意識地側了側頭，但此時他的右手已經將沉重的石門拉開半扇，程哥和田尋不約而同地向兩側退開數米。胖子剛要抬腿進去，突然一聲巨響，從門裡猛地噴出一大股黑色的颶風，胖子猝不及防，被這颶風打了個正著，身子向後飛出幾米，頓時覺得臉上如同被幾千把刀子同時扎了一下，不由得大聲慘叫，雙手捂臉栽倒在地。

東子剛剛換上電池，猛聽身後的巨響嚇得險些坐倒，抬頭見胖子倒在地上長聲慘呼，連忙跑去查看，程哥和田尋也跑了過來，三人扶起胖子一看他的臉，都嚇得一身冷汗。只見胖子臉上血肉模糊，插滿了無數個細如蒺藜般的鋼刺，從傷口中流出黑色的血，幾乎都看不出胖子的模樣了。不光是臉上，連他的身上也滿是傷口。

胖子受此重傷，已經痛得昏死過去，程哥連忙找出水壺，將清水慢慢澆在他臉上，說來也怪，清水一碰到胖子的臉，發出哧哧的響聲，並且冒出陣陣黃煙。田尋連忙一捂口鼻，說：「鋼椎上有毒！」

胖子大叫一聲醒來，不停地慘叫。東子心臟都快跳出了腔子，剛才他如果不是強光手電筒恰好電量不足，那麼現在倒楣的就是他了。

程哥說：「快把藥棉拿來！」東子心有餘悸地忙跑去取藥棉，程哥拿出多用途刀取出鑷子，緊緊夾住胖子臉上的一根毒刺，用力拔出。每拔出一根，胖子就發出一聲哀號，同時湧出許多黑血，田尋和東子緊緊按住胖子的兩條胳膊，即使這樣，

第二十九章　此門勿開

胖子也用力掙扎，兩人根本就按不住他。

老半天才把他臉上的毒刺全部拔除，胖子的臉已經全是一道道的血流，連五官都看不清了，他渾身發抖，抓著程哥的手說：「老……老程，這都怪我，不應該開……開這個門哪！」

程哥痛心地說：「這也怪我呀，不應該讓你開那個鎖，唉！」

田尋將急救盒中的止血藥倒在水壺中攪了攪，不停地往胖子臉上澆。胖子痛得鑽心，身體一陣陣痙攣，眼睛上糊得全是鮮血，他伸出手，摸索著什麼東西，田尋大聲道：「胖哥，你要找什麼？快告訴我！」

胖子一把抓住田尋的手，流著眼淚說：「哥們，我要是聽你的勸告就好了，可惜……」田尋對胖子還有些好感，他人雖然有點立場不堅，卻沒什麼壞心眼，自打進了這個墓後，他沒少幫田尋的忙，尤其是從五行石廳中落在水裡時，就是胖子潛入水中盡全力將他救上岸，現在田尋看到胖子身受重傷、生死難料，不由得心裡一陣發酸，眼睛也濕潤了。他不停地安慰道：「胖哥，你的傷沒大礙，消消毒就好了，千萬別多想！」

胖子連連咳嗽，吐出不少黑血，說：「這暗器上好像有毒……現在我就像被無數螞蟻咬著，全身都麻木了……」

程哥心裡十分清楚，但卻安慰他說：「別胡說八道了，沒有大事，一會兒就好了！」東子在旁邊默默看著，也一直沒說話，如果不是他堅持要打開石門，胖子當然不會去開鎖，也不會受重傷。

田尋和程哥將胖子攙起走向外室，東子打著手電筒遠遠朝石門裡一照，見裡面地上有兩根鐵樁，上面拴著兩根極長的牛筋，其中一根牛筋上還連著個巨大的鐵鍋似的東西。原來這是一個弓形機關，只要石門一被打開，連在石門上的引線就會切斷鐵鍋上的拉力，鐵鍋裡的毒刺就會在巨大的彈射力推動下噴湧而出。

東子嘆了口氣，見地上還有兩個裝滿金條的背包，他猶豫了下，一手一個想將背包拖出去，這時程哥回頭厲聲道：「你還要這些金條有什麼用？快把裝備帶上，還嫌鬧得不夠大嗎？」

東子臉上變色，登時就要發火，但他自覺理虧詞窮，又把火硬壓下了，默默將金條倒出來，又把各種裝備裝回背包帶上。

四人出了內室，來到石達開的神案前。

田尋說：「剛才那黑影是誰？難道是禿頭？」

第二十九章　此門勿開

程哥說：「我也沒看清楚，但從身形來看很像他。」

田尋說：「不管是不是他，但他是故意引誘我們來到內室，先讓我們找到金條和珠寶，然後看到那扇石門，石門上的字是利用了人的逆反心理，如果門上寫著允許進入，或者什麼都不寫，則進入陵墓的人情緒緊張，多半都會猶豫。但它寫著不讓進，這一來就讓別人認為裡面反而有寶，於是就會對人造成了巨大傷害，吃了大虧。看來設計這個機關的人不但精通機關之學，而且還對人的心理頗有研究，真是個難對付的傢伙！」

程哥也說：「你說的很對。魯班曾說過一句話：機關之學，心戰為上，詭變次之，而機關之術更次之。看來就這個意思了。」

三人把胖子放在神案前，背靠神案，無意中，田尋掃了一眼神案前跪著的那個跪石像，忽然覺得這石像似乎有點不對勁，那跪像原本是頭朝裡，向著石達開漢白玉像的方向跪著，可現在卻變成了頭朝外，整個旋轉了三百六十度。田尋說：「這座石像好像不太對勁？」

程哥也說：「就是，怎麼頭朝外了？」

東子走過去用腳踢了一下，說：「這石像很沉，不是一般人能搬得動的。」

兩人扶胖子貼牆角坐下，另打開一個水壺，餵他喝了口水。東子見石廳牆邊兵器架上擺著很多古代的冷兵器，其中一柄青龍偃月大刀打造得十分精細，刀身用龍吞口，寒光閃閃，鋒利逼人，東子當員警的時候接觸過很多現代冷兵器，如匕首、軍刀和弩箭等等，卻從沒擺弄過這些東西，平時也只是偶爾在京劇和戲曲中有所見過，於是他好奇地抽出這柄大刀。

這大刀頗為沉重，刀杆竟也是用精鋼製成，鑌鐵刀身是水磨的，精光四射，像鏡子一樣光可鑒人。東子剛把大刀抽出一半，卻見從刀身上映出的影子中似有黑影一動，他回頭一看，只見石廳角落處好像有個人蹲在那裡一動不動。

東子用手電筒一照，牆角有個黑影，不知道是人，還是動物，他放下大刀，走近那黑影想看個究竟。離那黑影還有四、五米距離時，那黑影忽地一竄，長身而起、雙手前抓，猛向東子衝來。東子早有防備，他向後側急退一大步躲開黑影，當黑影和自己擦身而過時，他右腿飛出，直踢對方面門。這黑影似乎沒什麼準備，砰地一腳正踢中他腦袋，可黑影並沒大影響，身體微一晃，轉頭又張開五指向東子抓來。

東子見他來得十分迅速，好像練過輕功似的，也不敢小看他，連連後退數步，可那黑影身法非常快，一轉眼雙手已經抓到了東子胸前，東子大驚，雙手從中間往兩側一撥，本想把對方的雙臂分開然後再踢他面門，可這黑影臂力驚人，這一撥

第二十九章　此門勿開

之下竟然沒撥動分毫。黑影砰地一把抓住東子胸口的衣服，東子反應也不慢，他雙手順勢抓住對方胳膊，兩腿一墊地飛身而起，來了個後空翻，同時雙腿猛踢對方的下巴，這一招也是擒敵術裡的套路，意在攻擊對方的要害部分，達到以攻為守的目的，如果對方想要下巴不被擊中，就必須得縮回雙手，這樣一來也就解除了被動。

可這黑影好像壓根就沒打算躲，東子雙腳實實惠惠地踹在他下巴上，但黑影的手一點也沒鬆勁，東子空翻力量很大，竟然硬生生扯壞了衣服，胸口露出一個大洞。那黑影見只抓到了兩塊破布，氣得怪叫一聲，又撲了上來。

東子這回明白了，這傢伙動作上根本沒什麼套路，光憑著有點蠻力，就會一味窮追猛打。東子遇到過很多練家子，在他們手底下從來沒怕過，可現在遇到這個愣頭青式的傢伙，還真有點心裡沒底。另一邊田尋和程哥聽見有動靜，也看見了東子在和別人搏鬥，程哥端著手槍跑了過來，抬手想開槍打那黑影，可兩人鬥得激烈，又怕打錯了人。

那黑影不等東子站穩，又衝了上來，東子不敢再和他肉搏，他大罵一聲：「黑炭頭，我今天打死你！」

閃電般從腿帶中抽出手槍，對黑影的腦袋猛地扣動扳機，幾槍過後，黑影向後踉蹌而退，好像要摔倒，努力找了找平衡又想往上衝，程哥在他背後又開幾槍，黑影腹背受敵，一聲怪叫往牆角逃去。

東子大喊：「別讓他跑了！」兩人跟著黑影逃走的方向追去。追到牆角，那黑影又不見了，兩人搜尋一陣找不到，他們怕節外生枝，就回到了胖子和田尋身邊。

田尋問道：「怎麼樣？抓到了嗎？」

東子退出彈夾，狠狠扔在地上說：「他媽的，又跑了！」

程哥也說：「這黑影不除掉，我們是肯定不能活著出墓了，可就是不知道又躲哪兒去了。」

正說著，田尋發現遠處地上似乎有幾個灰影，他指問說：「你們看那是什麼？」

東子和程哥抬手電筒一照，只見幾隻肥白蟲子正一弓一弓地往這邊爬來。

東子說：「我操，這不是剛才那堆大白蟲子嗎？怎麼爬出來了？」

程哥說：「快離牠們遠點，看著心裡就厭惡。」

田尋攙起胖子，說：「這些蟲子雖然討厭，但牠們好像不咬人，咱們也就別弄死牠們了吧？」

東子說：「這東西太討厭了，不咬人我也不能放過！」說完他抬手一槍，將一

第二十九章　此門勿開

隻爬得最近的蟲子打得飛了出去。

四人來到石達開神像前，先讓胖子靠神案坐好，只見他氣息微弱，好像只剩了半條命。

程哥貼近胖子的臉，問他：「王胖子，感覺好點了沒有？」

胖子說：「沒……沒什麼感覺，也不疼……」程哥心裡一凜，說明毒性已經攻到了他全身。

這時，聽見那頭似乎又有動靜，東子騰地站起來說：「肯定又是黑炭頭，我去把他幹掉！」程哥怕他吃虧，連忙隨後跟上。

兩人過去一看，見一個黑影四肢蜷縮橫在地上，從身形上看，沒有那黑炭頭般高大，倒有點像禿頭，程哥伸腿一踢，這黑影一動不動，好像死了一樣，東子指著黑影手腕上的手錶說：「看這手錶，不是禿頭戴的那塊嗎？這是禿頭，看來這回是真死了！」

田尋遠遠聽見他倆說什麼「禿頭真死了」，連忙跑過去看，程哥指著屍體說：「這是禿頭，可能是死了。」

田尋說：「那也要小心，可別再讓他活過來咬咱們，我們還是回去吧，你們看那些蟲子越來越多了，牠們想爬到哪兒去？」

程哥說：「這些蟲子爬出的路徑好像是呈放射狀，那就肯定有個中心點，奇怪，牠們的目的是那堆黑色盔甲？」

三人一看，果然遠遠望去，無數肥白的蟲子都慢慢爬向石廳中央那堆散落在地的黑色盔甲，都紛紛鑽進盔甲底下，然後就不見了。

東子說：「你們不說那盔甲是石達開穿過的嗎？我看那盔甲下面肯定有個暗道，蟲子都進暗道裡了，我們快進去看看，說不定那就是個出口呢！」

兩人覺得有道理，於是站起身來，向那副盔甲走去，忽見右方一個黑影閃過，東子大叫一聲：「黑炭頭又出來了！」三人連忙舉槍，提防他再衝過來。

卻見那黑影來到神案前，彎腰捧起那個石跪像，一步步向廳角的胖子走去。程哥說：「不好，這傢伙想砸死胖子，快去！」

三人急跑向胖子，可那黑影已經來到胖子面前，將石跪像高高舉過頭頂，就要往下砸。這石跪像足有幾百斤重，要是砸下去，胖子肯定得腦漿迸裂而死。這時三人只跑到盔甲旁邊，想施救是來不及了，眼看著那黑影朝下用力，就要砸死胖子。

這時，田尋一把撿起盔甲旁的那柄長劍，大叫一聲：「韋昌輝！」

那黑影猛地停住了，緩緩回頭向出聲的方向看去。田尋想將長劍舉起，可這柄長劍十分沉重，只好在地上拖著，高聲大叫：「大膽狗賊韋昌輝，我乃石達開是也，你還認得我嗎？」

那黑影身體一震，舉著石跪像轉過身子，竟慢慢朝田尋走來。

第三十章　金甲蟲

程哥和東子原以為胖子肯定要慘死在石像下，卻見事情忽然有了轉機，他們不多做想，抬手向那黑影連連射擊，打得黑影身體不住地痙攣，後來掌握不住平衡，上身微仰，將手中的石跪像用力向三人擲去。三人嚇得連忙跳開，那石跪像擲出足有六、七米遠，砰地砸在地上，將鋪地石砸裂。

黑影扔掉石跪像，又朝三人跑來，只是速度沒有之前的快，東子說：「散開，分別攻擊！」三人呈包圍之勢將黑影圍在中心，黑影來到石跪像旁邊又搬起來，高舉之後砸向田尋，田尋扔掉手裡的長劍，遠遠跳開，同時回頭開槍打他的腦袋。

黑影又挨了幾槍，毫無懼色繼續逼進，三人邊開槍邊後退，當黑影來到地上那堆黑色盔甲前面時。

程哥忽然叫了一聲：「看那盔甲，那盔甲活了！」

三人定睛一看，只見黑影身後那堆黑色的盔甲居然緩緩地升起來，似乎裡面鑽進了人。黑影好像也嗅到了什麼，忙回頭看，一見那副盔甲動了，嚇得他後退幾步，呆立不動。

第三十章　金甲蟲

那盔甲繼續慢慢升起，宛然有了人形，旁邊的肥白蟲子更迅速爬過來，爭著搶著鑽進盔甲腳下。當盔甲升到約兩米左右時，頂著白色盔纓的戰盔一挺，這副盔甲整個變成了一個穿戴著全身黑甲的巨人。說來也怪，那黑炭頭似乎天不怕地不怕，可在這黑甲戰將面前卻全然沒有了那股子兇猛勁，當那黑甲戰將緩緩轉過身來時，黑炭頭嚇得後退了一大步。

田尋等三人遠遠躲在一旁，看著這幅詭異無比的場景，都嚇傻了，誰也說不出話來。黑甲戰將走到地上那柄長劍跟前，黑炭頭也緊跑幾步，想和它搶長劍，黑甲戰將見黑炭頭靠了過來，右臂一揮，正打在黑炭頭脖子上，黑炭頭身體直飛出去，在地上滾了好幾滾。

那黑炭頭力量相當大，能毫不費力地舉起幾百斤的石像而不吃力，普通人是萬難做到，而這黑甲戰將竟一揮臂就將他擊飛，三人不由得暗暗佩服。黑炭頭在地上打個骨碌，爬起來還想上前，可黑甲戰將早就撿起長劍，向黑炭頭虎虎走去。黑炭頭一見它全副武裝，轉頭就跑。

東子說：「這傢伙想逃走？他媽的，欺軟怕硬的貨！」田尋側目看了他一眼，心說你不也一樣嗎？可那黑炭頭並沒逃開，而是返身來到兵器架上，順手抽出一柄長斧。

程哥說：「僵屍也會使兵器？這我還是頭一回見過！」

那黑甲戰將見黑炭頭操斧而來，毫無懼色，揮長劍迎頭向黑炭頭砍去。黑炭頭抬長斧一架，只聽嗆啷一聲，長斧的精鋼斧杆竟被長劍砍斷。

黑炭頭怪叫一聲，扔掉斷斧又跑向兵器架，這回他又弄出一柄大刀，就是剛才東子感興趣的那柄青龍偃月刀，黑炭頭見黑甲戰將已經追到身後，他橫刀往後一掄，直砍黑甲戰將的頭盔。黑甲戰將一彎腰躲過大刀，雙手捧長劍從右上至左下，摟頭蓋頂砍向黑炭頭腦袋，這一劍要是砍上了，黑炭頭就得從正中間劈成兩片。

他急往後一退，咣地靠在兵器架上，那長劍足有一米七以上長度，劍尖還是劃到了黑炭頭身上，黑炭頭哇哇怪叫，掄大刀又砍對方肩膀。黑甲戰將倒也頗為靈活，身體向後一退，然後伸手一把抓住大刀的刀柄往回一拽，黑炭頭吃力不過，大刀頓時脫手。

黑甲戰將身形不動，順手把大刀往身後一甩，那柄足有四、五十斤重的青龍偃月大刀就像飛鏢似的，劃出一道寒光向身後直飛出去，「嗆」的一聲釘在神像旁的木架上，刀頭插入幾寸，刀杆還不住地顫動。

黑炭頭連敗兩陣，又跑向左側，好在這石廳裡全是一排排的兵器架，黑炭頭抽出一隻銅錘，用力朝黑甲戰將擲去，黑甲戰將來不及躲避，它單手持劍，右手舉臂

第三十章　金甲蟲

一擋，銅錘猛砸在手臂上，這一下力量不小，黑甲戰將身體一晃，險些栽倒。

黑炭頭見有便宜可占，連忙又抽出一柄流星錘，掄圓了打向黑甲戰將，這流星錘的錘頭是顆圓球，上面嵌的都是一根根尖刺，黑甲戰將見錘頭過來，先是用左臂擋，退後幾步，又一錘砸過來，再舉長劍格擋，錘頭因為有了加速度，所以力量大增，黑甲戰將連吃幾錘，似乎一時沒有什麼招數可破，漸落下風。

在一旁的三個人看得心驚肉跳，東子說：「我來幫他一下！」抬槍向黑炭頭射擊，黑炭頭身上中了幾槍，略微後退，可沒想到那黑甲戰將猛然轉頭，頭盔裡黑漆漆也沒有腦袋，它單手舉劍指向東子，看這意思，似乎是不想讓他出手相助。

田尋說：「它是不讓你幫忙！」

東子連忙放下槍，小聲說：「他媽的還挺有脾氣。」

就這一頓的功夫，黑炭頭已經靠近上前，流星錘一掄，粗大的精鋼鐵鏈繞在黑甲戰將脖子上，復一抽手緊緊勒住，黑甲戰將被他拽得一個踉蹌，忙用長劍拄地，黑炭頭一擊得手，用力向後拖動流星錘，黑甲戰將長劍支地，將石板劃出一道深深的痕槽。

三人見黑甲戰將吃了虧，都替它捏了一把汗。忽然黑甲戰將右手長伸，從兵器架上抽出一柄短刀，在流星錘鏈上用力一砍，「噹」的一聲火光四濺，鐵鏈和短刀同時斷裂，那黑炭頭正用盡力量拖動，忽然之間失去了阻力，身體向後連退幾步，摔了個大跟頭，十分滑稽。

三人哈哈大笑，田尋罵道：「活該，你個該死的黑炭頭！」黑炭頭爬起來，一時間好像無計可施，忽然，他看到身邊那尊石跪像，連忙跑過去舉起來，向黑甲戰將逼去。黑甲戰將一見這東西也有點發怵，連連後退，黑炭頭看準時機，用盡全身力氣將石跪像朝前擲出，黑甲戰將躲避不開，匆忙中只得用手中長劍護住面門，石跪像正好砸在長劍上，頓時把長劍從中砸斷，黑甲戰將也被砸倒。

黑炭頭一擊成功，舉雙手嗞嗞怪叫，好像十分高興。三人一見頓時洩了氣，這麼厲害的黑甲戰將都被他砸死，看來咱們三個也是凶多吉少。黑炭頭跑到黑甲戰將面前，朝它身上亂踢亂踩，好像在發洩著無比的憤恨。東子說：「這傢伙是不是瘋子，他和黑甲戰將有仇？」

田尋焦急地說：「難道你還沒看出來？這黑炭頭就是韋昌輝！」

東子說：「韋昌輝是誰？」

田尋氣得無奈，程哥說：「韋昌輝是太平天國的北王，一向專橫跋扈，楊秀清被他和洪宣嬌合謀害死之後，韋昌輝又在天京城裡自稱為王，石達開回來指責他，韋昌輝竟然將石達開全家殺死，石達開逃走之後，一氣之下帶大批軍隊離開洪秀

第三十章　金甲蟲

全，最後才使得太平天國越來越走下坡路。」

東子哦了一聲說：「原來韋昌輝是石達開的大仇人！」剛說完，忽然黑炭頭怪叫一聲，背後露出一截雪亮的斷劍，原來那黑甲戰將並沒有死，它用半截斷劍插進了黑炭頭的胸口。

黑炭頭身上插著斷劍，左晃右晃地向後退，黑甲戰將也爬了起來，從兵器架上抽出另一柄長劍，只是這把劍比它原來使的劍要短一些。黑炭頭雙手抓住劍柄，用力從身體裡抽出來，向黑甲戰將擲去，黑甲戰將舉劍格飛。黑炭頭似乎沒什麼大影響，他還想取武器進攻，可巧他身後這塊地方沒有兵器架，眼見黑甲戰將挺劍追來，他後退幾步，忽然腳下被什麼東西絆了一跤，摔倒在地。

黑炭頭一骨碌爬起來一看，原來是躺在牆角的胖子。胖子躲在牆角，渾身是血，驚恐地看著黑炭頭，他也沒猶豫，一把抓起胖子那肥大的身軀用力朝黑甲戰將扔過去。

三人見胖子被他當成了飛鏢，同時舉槍朝他射擊，但還是晚了一步，胖子在空中呈拋物線砸向黑甲戰將頭頂，黑甲戰將隨手一揮長劍，可憐胖子連喊都沒喊出一聲，在半空中就被攔腰砍成了兩段，兩截屍身掉落，鮮血內臟淌了一地。

見此慘狀，三人不由得驚叫起來，程哥和田尋更是流淚痛哭。

黑炭頭一擊不成，還沒有趁手的兵器，後退兩步又靠在了牆上。黑甲戰將把他逼在牆角，也不等他做出反應，手中長劍在空中劃了個漂亮的半圈，隨後疾速落下，將黑炭頭從左肩膀到右肋下劈成兩半。

兩段屍體倒在地上，上半截屍體只連著一隻右臂，這隻右臂竟還能動，拄著地面一爬一爬地往另一側牆角爬去。黑甲戰將上前一步，長劍復又一揮將他腦袋砍下，然後飛起一腳，將腦袋踢飛。剩下的兩段殘肢終於徹底死掉，再也不動了。

黑甲戰將殺死了韋昌輝，它轉回身緩緩走到韋昌輝的腦袋跟前，彎腰將人頭撿起，拎著人頭來到石達開神像前，將人頭放在神像前的祭臺上，再走到石跪像處，扔掉手中的長劍將石跪像抱起來，慢慢回到祭臺前把石像放下，仍舊是頭朝裡擺好。

田尋等三人躲在牆角，連大氣也沒敢喘，眼睛緊盯著這位黑甲戰將。只見它慢慢走到石廳中間，看了看田尋三人，伸出右手向牆壁一指，隨後便呆立不動。

過了半晌，它越來越縮小，越來越矮，就像充氣人被慢慢放開了氣閥，最後只剩下一堆盔甲，那頂白纓頭盔仍然立在最上，從盔甲底下不斷地流出白色膿水。

三人你看看我，我看看你，半天沒敢動地方。

過了好一會兒，東子才開口：「這哥們……死了？」

第三十章　金甲蟲

田尋小心地邁出一步，見沒什麼動靜，就又邁了一步。那堆盔甲就和剛開始時一樣，似乎什麼事都沒發生過。程哥用手電筒照著，說：「就這麼完了？我以為它連咱仨也要殺呢！」

田尋長出一口氣，說：「看來是沒事了！還好那黑炭頭被它給解決了。我們安全了。」

程哥說：「你是怎麼看出來的它就是韋昌輝？」

田尋說：「我也是急中生智蒙了它一下，沒想到還真是他！史書上說楊秀清被殺後半個月，韋昌輝在石達開施壓下又被洪秀全誅殺，並且把身上的肉一塊塊割下來，掛在南京城的大街上，旁邊還寫上『北賊肉，只准看，不准摸』的字樣。但以我的分析，韋昌輝很可能當時是被生擒，然後又被祕密押解到湖州洪秀全的陵墓中，供洪宣嬌下巫術使用。這傢伙被洪宣嬌下巫術後，變成了一個活僵屍，一百多年來就在這陵墓中遊蕩，不生也不死，正如十字石臺上的那四句話：『十誡加身，生不如死』。」

東子說：「那禿頭後來變成黑屍也是韋昌輝搞的鬼？」

田尋說：「沒錯！韋昌輝咬了禿頭一口，將身上的巫毒傳給禿頭，禿頭中毒後，逐漸變成了韋昌輝的傀儡，在韋昌輝操縱下將我們一步一步往死路裡帶。」

程哥說：「可這黑甲戰將又是誰？」

田尋走到那堆盔甲前，說：「它應該就是石達開的靈魂。」

兩人一聽，均驚呆了：「什麼？石達開的靈魂？」

田尋說：「是的。石達開投降四川總督之後，被下令凌遲處死，屍骨也被剉骨揚灰，餵了野狗。但有野史說，石達開的頭顱並沒有丟失，行刑者敬重石達開的為人，將他的頭顱祕密收留了下來，後來又碾轉送到天京洪秀全手中，洪秀全念其英勇忠義，在湖州建了一座石達開的墓，將頭顱下葬。但這些記載只存在於野史。據我的推測，石達開的頭顱很可能被洪宣嬌安排在『義王家廟』，或是這座石廳當中，又把石達開生前穿過的一副黑鐵盔甲和兵器也放在這裡，其用意是用來壓制韋昌輝這個活屍。」

東子說：「壓制？怎麼壓制？」

田尋說：「韋昌輝被洪宣嬌施了『十誡』術後，變成一具死不死、活不活的怪物，他只能遊蕩在這陵墓各處，可以起到防止有人盜墓的作用。可這怪物在『義王家廟』裡毀壞了石達開母親的棺木，惹惱了石達開。當年，石達開全家老小十餘口人就是死在韋昌輝的刀下，於是石達開的靈魂就寄附在那副盔甲裡，復活成了一個沒有血肉的將軍。」

田尋的話讓兩人如聽天書，程哥把頭搖得像撥浪鼓，說：「靈魂附在盔甲中？這我可不信。」

田尋說：「如果不是親眼看到，我也不會信。你忘了咱們掉下來的時候，不是摔在一個爬滿肥白蟲子的大坑裡嗎？那些蟲子我現在才想起來，在《山海經》中也有記載，一次西漢武帝出遊，在路邊看到幾隻長著人面的蟲子，武帝問東方朔這是什麼東西，東方朔回答說這種蟲子叫『怪哉』，是由冤屈而死的人的靈魂變成的，又名『人面蟲』。現在看來，那一大堆肥白蟲子就應該是那種『怪哉』蟲。」

程哥問：「這些蟲子和石達開有什麼關係？」

田尋看了看地上的白色膿水，說：「這些蟲子也一定是被洪宣嬌用巫術附上了石達開的靈魂，牠們不生不滅，在無外力打擾的環境下能存活成百上千年，一旦遇到仇敵，這些蟲子才會爬將出來，尋找一個載體，或是宿主，用另一種形式再生，爾後將仇敵消滅，於是才有了剛才那驚心動魄的一場惡戰。」

兩人聽了田尋的推測，都感覺像是在聽《聊齋》小說，覺得太過離譜。

田尋看著他倆臉上的表情，彎腰撿起地上那頂白纓頭盔，說：「如果不是我親身經歷了這些事情，打死我也不信是真的，不過，我倒是希望這都是一場夢。」

東子來到韋昌輝半截屍身旁，用力踢了那上半身一腳說：「我也他媽的後悔來這兒了，放著好好的日子不過，非跑到洪秀全的墓裡幹什麼來？不把命搭上才怪！」

程哥走到胖子的屍體旁，看到內臟和腸子流了滿地，而胖子的臉上仍舊全是未乾的血跡，眼睛都沒閉上，不覺又掉下淚來。

田尋走過來黯然說：「胖哥死得太慘了。」

程哥沉著臉看著東子，東子知道他什麼意思，心中理虧，表面上卻還故作強硬。

程哥說：「現在又沒路可走了，可能我們就要在這兒活活餓死了。」

田尋說：「別灰心，多少危險我們不也都闖過來了嗎？再找找，看會有什麼發現！」

東子說：「那四句謎語裡『雨雷風雲電為王』現在都全了吧？」

經他這麼一提，程哥和田尋才想起來，程哥一拍大腿說：「這下齊了！電為王的意思，就是說石達開是『聖神電』，他這一關是在陵墓最後的、也是最難闖的，如果不是那韋昌輝活屍恰好跟著我們來到了這裡，石達開的靈魂也不會復活，看來，我們要研究下一句謎語了！」

田尋說：「下一句是『正反五行升天道』，這又是什麼意思？五行是指金、木、水、火、土……」

程哥打斷說：「風、雨、雲、雷、電也被稱做叫小五行。」

田尋說：「那『正反五行』和『升天道』又該怎麼理解呢？真是頭疼！」

東子說：「不是說讓咱們三個都升天去吧？」

第三十一章　解密

程哥說：「別胡說了，我們再找找看，說不定有什麼線索呢？」

三人強打精神，又在石廳和內室中仔細搜索，除了石達開的神像、內室裡一箱箱金銀珠寶、牆上的兵器架之外，沒有任何暗道或是可疑的地方，三人漸漸氣餒，都坐在地上喘氣。

東子說：「我看是夠嗆了，可要是活活在這裡餓死，還不如他媽的自殺呢！可我還年輕，我還沒活夠呢，我可不能死！」

程哥看了他一眼：「你的意思是我年紀大了，就可以死了？」

東子把嘴一撇：「我可沒那麼說，是你自己說的！」

程哥生氣地說：「誰不想活著，有願意死的人嗎？聽你這話就彆扭！」

東子也急了：「嫌彆扭就別聽！當初是誰硬拉我入夥來著？說每人給三十萬塊，先付十萬，早知道是這種鬼地方，給三百萬我也不來！」

程哥一時語塞，氣得用手指著東子說不出話來。東子一推他的手，說：「你指我幹什麼？告訴你，看你比我大幾歲，又是領隊的面子上，我讓你三分，別以為我

第三十一章　解密

平小東真怕你什麼！」

程哥氣得反笑：「好好好，你誰也不怕，你厲害！」

田尋冷冷地說：「程哥，每人三十萬塊，先付十萬，怎麼沒我的份呢？」

程哥連忙說：「你別聽他胡說，沒有的事！」

東子哼了一聲，說：「我說老程，你就別瞞了，誰也不是白癡，打著考古隊的旗號去盜墓，明眼人誰看不出來？也就是糊弄傻子吧！」

田尋說：「嘿嘿，看來我是誤入節堂，上了賊船了！」

東子說：「你他媽的說話別這麼難聽，什麼叫賊船？合著咱們都是賊嗎？」

程哥說：「好了別吵了。田兄弟，這件事說來話長，這每人十萬塊是我說過的那位老教授給我們的考古經費，原本是打算在事成之後，一併付給你的，你放心，我保證一分錢也不會少！」

田尋說：「程哥，你認為我是在惦記那十萬塊錢嗎？旁邊內室裡有的是金條，隨便哪一根都能賣上幾萬，可又能怎麼樣？如果命都沒了，又拿什麼花這份錢呢？就像禿頭和胖子他們倆白白送了性命？」

程哥默不作聲。東子冷笑一聲，說：「他倆死了那是命不好，咱們現在不還是沒死嗎？只要有一線希望能活著出去，下半輩子就不愁了。」

田尋說：「找不到出口，咱們都得餓死！」

東子不懷好意地笑著說：「沒事，什麼東西都能吃。」田尋和程哥聽了心中一凜，去看東子時，他卻在喝水，好像是無心之語。

忽然，田尋想起剛才東子不滿意程哥用手指他的頭，他似乎猜出了什麼，伸出手指了指程哥的腦袋。

程哥見他行為怪異，忙問：「你要幹什麼？」

田尋說：「你們想起什麼了沒有？」

東子說：「你有病吧？是不是發燒燒糊塗了？」

程哥一拍大腿，說：「對了！那黑甲戰將也用手指過這麼一下！」

田尋說：「對，它手指的這個動作肯定有用意！」

東子說：「有什麼用意？它只不過指了那牆壁一下而已。」

田尋說：「牆壁？去看看牆壁！」

三人跑到黑甲戰將臨死前指過的那塊牆壁，牆上光滑平整，似乎沒什麼機關，程哥撿起地上的一把短刀，用刀柄在牆上四處敲擊，可這一大片牆壁發出的都是厚實的聲音，不像是空心的。

田尋跌坐在地上，沮喪地說：「什麼都沒有。」

第三十一章　解密

東子說：「我早就知道沒用，可你偏要折騰。」程哥也氣得向兵器架上猛踢一腳。田尋抬頭看見對面正是石達開的雕像，那雕像危嚴端坐，左手撫腿，右手食指伸出，鬆鬆地握著長劍。田尋看著石達開握長劍的右手，不覺心中疑惑：一般的雕像都是五指緊握兵器，以顯示人的威嚴和強壯，可這石達開握劍的右手怎麼還伸出手指？看上去有點彆扭。

他站起來走到雕像前，仔細看了看石達開的右手食指，眼睛順著這根手指的方向看去，指著對面的一塊牆壁。田尋來到這牆壁前，伸手四下摸了摸，並無異常，又在周圍仔細敲敲，好像也沒什麼特殊的聲音。他想了想，一眼瞥見地上有柄短竿銅錘，他撿起銅錘，高舉過頭用力朝這塊牆壁砸去。「咣」的一聲大響，震得石廳裡嗡嗡回聲。

程哥和東子嚇了一跳，東子說：「你吃飽了撐著沒事幹，有病是怎麼著？為什麼不拿腦袋撞牆？」

程哥也有些不快：「田尋，我們現在都很煩躁，但你還是要冷靜點，節省體力要緊。」田尋沒搭理他們，掄銅錘又砸了一下。

這下東子惹惱了，他跳過來大罵：「你他媽的就不能老實一會兒？」

忽然，程哥聲音顫抖地說：「動了！動了動了！」

東子疑惑地問：「動了，什麼動了？」

程哥指著石達開的雕像說：「石達開的頭動了！」

東子和田尋回頭一看，見那石達開的雕像原本是臉向正前方，可現在卻是微朝左偏，雖然差別很是細微，但還是能看得出來。田尋連忙又掄銅錘砸了一下，這回東子也大叫道：「真動了，腦袋動了！」

田尋看見了效，對東子說：「你來砸吧，我沒力氣了。」

東子見有了生機，也來了精神，過去一把奪過銅錘就往牆上亂砸，田尋說：「別瞎砸，砸我剛才砸過的地方！」東子依言用力砸去，隨著落錘聲音，田尋看見那石達開的雕像頭部一下下地向左旋轉，就像有人遙控似的，東子連砸了五、六十錘，累得氣喘吁吁，雕像的頭部整個變成了後腦勺朝外，臉衝著牆，十分怪異。

東子掄這一通大錘累得夠嗆，他手拄錘頭，喘著粗氣問田尋說：「還……還砸不砸了？」

田尋說：「再砸幾下看看？」

東子又掄了幾錘，那雕像頭部不再旋轉，看來是到了頭。程哥來到雕像面前說：「這是為什麼？又有什麼用意？」

田尋看看雕像，又瞅瞅神案和雕像周圍，似乎沒什麼變化。東子走過來說：

第三十一章　解密

「不會沒用吧？那不是白砸了？」

田尋說：「肯定是有機關，不然這雕像的頭不會平白無故地旋轉！」

程哥說：「可是機關在哪兒呢？」

東子說：「要不，咱們把它的腦袋再轉回來試試？」

田尋說：「也好，試試看！」

東子一縱身上了神案，來到石像前抱住石達開的腦袋，又給正了回來。過了半晌，仍然沒什麼動靜。

程哥說：「不可能沒有效果，東子，你把那腦袋旋轉一周試試？」

東子依言將石像頭向左擰了一圈，面部還是朝外。

忽然，石廳裡傳出一陣低沉的軋軋聲，聲音極大又悶，好像來自於地下，又像將要把這廳沉入海底。東子嚇得一骨碌跳下神案，三人背靠著背，緊張地用手電筒查看四周。響聲過後，半天卻沒見有什麼變化。

程哥把心都提到了嗓子眼，說：「又要出什麼事了？」

東子左看看，右看看說：「不過現在倒是沒啥變化？」

田尋說：「進內室看看！」三人慢慢鑽進內室，地上那些金條、珠寶箱子還都在，仔細一看，那扇曾經被胖子打開過的漢白玉石門，不知道什麼時候裡面出現了一條甬道。

這條甬道平整直觀，用強光手電筒可以一下照到盡頭，甬道約有四十米左右長、五米寬，地上全是用一塊塊五邊形的石塊拼合而成，其中有些石塊顏色不一，上面似乎還刻有字。再看左右兩側，牆壁上除了大大小小滿布著很多不規則的圓孔之外，還有一些豎的和斜的縫隙，不知有何用處。

這條甬道表面上看去平靜無奇，卻感覺裡面暗藏無數殺機，三人不由得都打了個寒戰。

程哥左右看看，「看來這就是華山一條路，我們也只能硬著頭皮上了。」

東子往後退了一步，膽怯地說：「怎麼上？就直接朝裡走？那牆上圓孔裡肯定都是暗器，我可不想隨隨便便去送死。」

程哥掏出兩支螢光棒，擰亮了向甬道裡扔去，兩支螢光棒在地上滾出十幾米，分別停下，也沒見有什麼動靜。

他看了看田尋，說：「你有什麼主意？」

田尋說：「我哪有什麼主意？除非咱們每人拿著一口大鐵鍋，舉著當盾牌，要不然我也不敢過。」

東子把眼一橫：「你不過誰過？難道還讓我倆先過嗎？」

第三十一章　解密

田尋十分生氣，反問道：「憑什麼必須得我在前面？難道你們的命值錢，我的命賤嗎？我被你們騙來這裡已經是上當了，你們還想讓我當炮灰？我告訴你們，別打錯了算盤！」

這話已經說得很明白了，話一出口，程哥臉上也變了神色，東子掏出槍來，嘿嘿笑著說：「你說得太對了，沒錯，是咱們騙你來的，你也不動腦子想想，咱們憑什麼讓你加入？無非是想多個肉盾而已，可惜你的命太大，死了兩個卻都不是你，現在你不同意也得同意，還磨蹭什麼，快上吧！」

東子這副嘴臉讓田尋胸口幾欲氣炸，他斜睨看著程哥，笑著說：「真是這麼回事？」

程哥也不說話，自顧掏出軍用水壺喝了幾口水，然後開始整理自己的背包，顯然對東子的話不置可否。田尋雖然在剛進入陵墓時就十分懷疑這個所謂的考古隊的行動動機，可一直沒有抓到現實的證據，也沒得到親口證明，現在東子說完這番話後，田尋才真切感到被人利用和欺騙是何等心情，可現在不光是被利用，要是真走這甬道，很可能還有性命之虞。

想到這裡，他下意識地去摸腿帶上的手槍，卻不料東子一個箭步衝過來，閃電般下了他的槍，稍帶著把軍用匕首和多用途刀也給沒收了，田尋頓時成了手無寸鐵

的光棍。東子用槍指著田尋後心說：「別抱什麼幻想了，你就走吧，不走是個死，

走了也許你還能闖過來呢！」其實別說東子手裡有槍，就算沒有，憑東子的身手，

三五個田尋綁在一塊也拚不過他。看來，眼前這條甬道就算是鬼門關，他也得硬著頭皮上了。

東子手拿著兩支強光手電筒，笑著說：「哥們，我幫你多照著點亮，怎麼樣，夠意思吧？」田尋回頭瞪了他一眼沒說話。他仔細看著甬道地面那些五邊形的青石塊，有些石塊並不是青色而是紅色，上面還用白堊土寫著「水、土、金、木、火」等字樣，一眼望去，標有文字的紅色五邊形石塊約有三、四十塊，毫無規則地鑲嵌在地面上，不知何意。田尋心裡暗暗焦急，他想：這些文字究竟有什麼用意？

忽然，他想起了那四句謎語中的第三句：正反五行升天道。

田尋想：「這地上的文字正是五行中的內容，難道這條甬道就是所謂的『升天道』？正反五行……這正反五行是什麼意思？」首先可以肯定的是，想安全通過這甬道，一定要在這些紅色的石塊上踏過才行，但行走的順序十分關鍵，很可能就在那句「正反五行」裡。突然田尋腦中靈光一閃，他想起了在先前遇到十幾名餓死工匠的那個五行石廳裡，地上刻有天國五王的符號，東子曾說過老北京也靠著五樣寶貝鎮住京城，以保平安。那五行可是按方位排列的。

第三十一章　解密

田尋努力回憶東子說過的話，好像是西方大鐘寺的金鐘、東方神木廠的金絲楠木、北方頤和園的水銅牛、南方的燕墩、中間的景山，那就應該是西金、東木、北水、南火、中土的順序，再套上「正反五行」這句話，就應該是正五行「西東北南中」、反五行「中南北東西」！

想通了這一節，田尋欣喜不已，雖然還不知道是否可行，但起碼心中有了底，他打定主意，就按這個想法去走。於是他抬手看了看手錶，還好指南針沒壞，指針穩穩指向北方、也就是右前方的位置，那西方就是左前方了，他定了定神，看準甬道裡左前方那塊標有「金」字樣的五邊石跳出去。

這塊五邊石大約有一尺見方，離甬道入口處也有兩米遠，田尋必須卯足了勁，才能跳到兩米開外，還好這塊石頭沒放在十米開外，不然的話，只有肋生雙翅才能辦到。田尋「嘿」的一聲雙腳落地，剛好落在「金」字石塊上，剛一落地時，田尋的心臟猛地提到了嗓子眼，是死是活，就在這一瞬間了。

不過落地之後卻一切平靜，田尋身體一動不敢動，生怕喘口大氣都會引起變故。半晌過後，還是寂靜無聲，田尋不由得長吁了口氣。

田尋嚇出一身冷汗，甬道之外的程哥和東子也是同樣心驚不已，田尋安全落地之後，兩人對視一眼，眼中都是驚奇之色。田尋穩了穩神，核實了一下東的方位是木，在右下側，也就是他身體的右面靠前一點點的地方。他看準那塊「木」石塊，縱身跳去。

落地之後又是平安無事。這回田尋心裡更有了底，也同時驗證了自己的推測是正確的、英明的和偉大的。他不由得回頭看了一眼背後的兩人，並且微笑了一下。

這回程哥開始由驚奇轉為佩服了，幾個有豐富經驗的盜墓賊，居然還不如一個初出茅廬的小子！心中不免有點慚愧，但同時也暗暗高興，畢竟有了他，自己就等於多了一個大腦。東子可沒想那麼多，他見田尋跳出幾米後沒事，大叫道：「哥們行啊，繼續走，我給你助陣哪！妹妹你大膽地往前走啊，往前走，莫回呀頭……」他還唱上了小曲。

田尋鄙夷地看了他一眼，剛要回頭，忽然發現身後的甬道門楣上似乎有字，他舉手電筒一看，甬道上方寫著三個鮮紅的大字：升天道！

看見這三個大字，田尋立刻就明白了，原來這甬道就是那謎語中所指的「升天道」，這三個字寫在門楣裡面，如果不身處甬道之中根本看不到，至於「升天」是什麼意思，現在也沒時間去考慮了。田尋看準標有「水」字的石塊，抬腿跳過去後又找到左側的「火」字石塊，縱身躍上。

由於跳得有些累了，這一跳的落點不是很準，落地時右腳只踏上半隻腳掌，後

第三十一章　解密

腳跟踩到旁邊的青石塊上，田尋立刻就覺得這石塊似乎稍微往下沉了一下，他頓感不妙，連忙挪回右腳，看到左右牆壁的上半部都密佈著無數大大小小的圓孔，他不敢猶豫立刻蹲下身子，只覺腦袋上的頭髮似乎被人摸了一下，「嗖嗖」連聲，無數黑點從牆上圓孔中迅疾無倫地激射出來，釘到對面的牆壁上，一陣如炒鍋般的金屬碰撞聲「叮叮噹當」響過之後，地上落了許多閃著藍光的黑色鋼釘，顯然都淬有劇毒。這些鋼釘速度實在太快，一些鋼釘撞到牆之後又反彈回來，也是田尋命大，竟沒有一顆打在他身上。

田尋「啊」的一聲驚叫，蹲在地上把頭夾在腿裡，嚇得一動也不敢動，就這麼幾秒鐘，他就從鬼門關裡走了一趟回來，嚇出一身冷汗。

後面的程哥和東子也被嚇得大驚失色，差點跌倒。東子用手電筒照了照田尋，試探地叫道：「喂，你死了沒有？」

田尋慢慢直起身子，回頭罵道：「讓你失望了，你死了我也不會死！」

東子氣得當時就想掏槍給他一槍，可又想到不行，那樣就沒人帶路了，於是他強壓怒火回罵：「你他媽的倒命大，還不快繼續走！」

第三十二章　升天通道

田尋看了看地上，甬道中央有一塊標有「土」字的石塊，這應該是「正五行」中的第五步了，好在離自己不遠，田尋踏過去，穩穩站在地上。他轉回頭向兩人大聲道：「你們倆還愣著幹什麼？走啊！」

程哥此時正在思索田尋行走的路線規律，田尋走過五步後，程哥畢竟也擁有著豐富的知識，他立刻也猜到了那「正反五行」的意思，於是他對田尋說：「下一步就該是你左側的『火』字了吧？」

聽了程哥的話，田尋不覺笑了，心說這老程還是有點能耐，不像那東子是個純粹的草包，於是說：「既然程哥也猜出來了，那還不跟著走？」

程哥緊了緊背包，對東子說：「你跟著我的路線，可千萬別邁錯走偏了！」

東子說：「放心吧，你怎麼走，我就怎麼走！」兩人依次向甬道裡跳去，不一會兒已經追上了田尋。田尋這時已經走完了「反五行」的五個石塊，前面已經沒有了五邊形的石塊，地上橫著一道紅線，紅線前面的地面上刻著許多形狀奇異的符號，還有一排正方形的方塊直通甬道盡頭。另外，兩邊牆壁上也刻著很多壁畫，一

第三十二章　升天通道

幅幅的都畫在圓圈之中，甬道的盡頭就是一堵牆，別無他物。

這時，程哥和東子也已來到田尋身後，東子說：「你怎麼又不走了？」田尋沒理他，程哥一抬頭，指著上方說：「你看，那上面有一扇門！」

田尋和東子抬頭一看，果然在甬道盡頭牆上十多米處有扇門，東子掏出微型望遠鏡，邊看邊說：「是一扇紅色的木頭門，門上還有很多銅門釘，兩側有紅木柱子，柱子上還盤著兩條金龍，這門挺闊氣啊！就是有點太高了，不過我們有繩梯，把兩條繩梯接上，再把抓鉤甩上，就能爬上去。」

程哥說：「不行！通往這扇門肯定有特殊的機關，如果我們貿然往上爬，說不定會觸動暗器，還是找找有什麼安全的辦法。」

田尋見腳下刻著很多奇怪的符號，似字似畫，他問程哥：「這是什麼符號，你認識嗎？」

程哥走到近前一看，說：「哦，這是女書。」

東子也過來了，他好奇地說：「什麼書？女書……是女人看的書嗎？」

程哥說：「不是，女書又叫女字，是起源於古巴楚一帶的一種文字，打『文革』以後就幾乎沒人用了，在古代主要流傳於湖南省江永縣一帶的瑤族婦女之中，而且傳女不傳男。」

東子說：「這不是多餘嗎？放著好好的中國字不用，非得整出個什麼女書、男書的，真是吃飽了撐著沒事幹。」

程哥斜了他一眼，心中暗說，要是別人也像你這麼不學無術，那可就糟了。

田尋說：「我在查資料時，看過太平天國的一種銅錢上似乎也有這種女書。」

程哥說：「沒錯，你說的那個是天國『雕母錢』，這種錢背面鑄造有女書『天下婦女、姊妹一家』的字樣。據說太平天國女營有很多掌握女書的女兵，在軍營裡一些高度機密的文件也有用女書寫成的，保密性自然也很高了。」

田尋面有難色地說：「你懂女書嗎？我可一個也不認識。」

程哥撓了撓頭皮，說：「我對女書也是一知半解，只知道它只有點、豎、斜、弧四種筆劃，沒有橫，也沒有折，造型有點像蚊子，所以又叫『蚊形字』，我也只能看懂其中的一部分。」說完，他湊近地上的字開始費力地辨認。

地上刻的女書文字大約有幾十個，排列成波浪型，程哥邊看邊念自己能認識的字：「不可信……華……神……不可拜……不可……字……拜……上……不可……殺……不可……見……」他讀得費勁，田尋和東子也聽得是一頭霧水，東子說：「程哥，你說的這是哪國的語言？根本也挨不上啊！」

程哥頭上見汗，後悔地說：「我也沒辦法，這女書我認識的實在太少，那還是

第三十二章　升天通道

前兩年我在湖南為了盜開一個大官夫人的墓，才現學的女書，要是早知道洪秀全也玩這手，我就多學點了！」

田尋聽程哥在那斷斷續續的詞語裡，似乎聽出了什麼門道，他問道：「程哥，你看看最後的幾個字，有沒有『財物』之類的內容？」

程哥低頭看了看，驚奇地說：「原來你也懂女書！好小子，你是深藏不露啊！」

田尋說：「到底寫著什麼字？」

程哥念道：「不可……人財……我就認識這四個字。」

田尋一拍大腿說：「那就對了，這寫的是聖經中的『十誡』！」

程哥和東子非常意外，程哥問道：「聖經中的十誡？你敢肯定？」

田尋說：「差不多！聖經裡的十誡分別是：不可信耶和華以外的神、不可崇拜偶像、不可妄稱耶和華的名字、安息日要拜上帝、應孝敬父母、不可殺人、不可奸淫、不可偷盜、不可作假證、不可貪圖他人財物，再和你剛才讀出的那些單詞核對一下，正好能斷續地對應上！」

程哥聽了他的話，再仔細看看地上的女書，漸漸露出欣喜的神色，高興地說：「你真行啊田尋，看來王全喜讓你加入我們，還是極其正確的！」

田尋冷笑一聲說：「是嗎？可對我來說，卻是把腦袋拴在腰帶上一樣。」

東子鄙夷地說：「那是瞧得起你！讓你一個書呆子跟著我們盜墓，再不頂點用處，那還不如帶條狼狗呢！」

田尋再也按捺不住心裡的怒火，他說：「平小東，你別以為你有點功夫就目中無人，我告訴你，要不是我，你早死好幾回了！」

東子沒想到田尋敢頂嘴，他衝上前來，就要搧田尋的耳光，田尋向後一退，同時程哥攔在中間，對東子說：「你最好壓壓火氣！在這種地方，光有功夫是沒什麼大用的，得用腦子，懂嗎？腦子！」

東子一推程哥，說：「你的意思是說我沒腦子是嗎？」

程哥說：「我說的是知識，你大字也不識幾個，在這種時候你能出什麼力？我們三個各有長處，必須聯合起來才能發揮作用，都像你這樣用暴力解決一切問題，那是根本行不通的！」

東子哈哈大笑說：「是嗎？我這個人沒別的能耐，就是喜歡使用暴力，沒辦法，我媽生出我就這脾氣，你們還別不服，誰要是不服就跟我比劃比劃？我一隻手就收拾你們！」

田尋冷笑幾聲，說：「就算你能把我和程哥都打死，你自己能走出這大墓？你

第三十二章　升天通道

自己問自己，你能嗎？」

東子知道田尋說的沒錯，可嘴上還是不服：「你他媽少跟我來這套！現在我沒工夫和你們扯淡，能出了這鬼地方，看我不好好收拾你！」田尋撇撇嘴，不再搭理他。

不知怎麼的，程哥心中忽然對東子產生了無比的厭惡，他和東子合作盜墓也有幾年了，那時的墓也都簡單，每次完活之後，大家都能分得不少明器，所以還算得上合作愉快。可這次則完全不同，東子卑劣的個性在種種危急環境下顯露無遺，令程哥心生鄙夷之感，甚至有了一絲想要除掉他的想法，總覺得這個只會打架的傢伙根本就不適合幹盜墓這一行，跟田尋相比，簡直是天上地下，同時又為兩個合作了十幾年朋友的死感到可惜，為什麼死的偏偏是胖子和禿頭，而不是東子？

程哥壓了壓心裡的火氣，對田尋說：「女書的內容我們知道了，可用女書文字寫的十誡又有什麼用意？」

田尋看了看兩側牆上的壁畫，說：「你看這些壁畫，很多內容都與十誡的內容相吻合，先看這個圓圈裡的畫，一個人跪在地上，天上飄著一隻大蛇似的怪物，這意思就是這個人把大蛇當成神靈來崇拜，這就違反了十誡頭一條『不可信耶和華之外的神』。」

程哥走到牆上，看到果然有這幅畫，田尋又指著另一幅說：「再看這個，一個男人拉扯一個女人的衣帶，想必應該理解成『不可姦淫』吧！再說這個，一個人把手伸到另一人的口袋裡，這就是『不可偷盜』，這牆上大概有幾十幅畫，其中肯定有十誡中的十幅畫，我們只需找出這十幅畫來，通往那扇門的機關，我猜就應該在這十幅畫中。」

程哥點點頭，說：「分析得很對，那現在我們先用粉筆標上認為是正確的圖。」

三人開始辨認牆上的圖畫，不一會兒工夫，十幅圖就標好了。

東子說：「那下一步怎麼辦？」

程哥說：「這些畫都被圈在一個個圓圈裡，難道這些圓圈是活動的？」

田尋五指平伸，按在那幅「不可信耶和華之外的神」的圖上，用力向裡一按，只聽喀的一聲輕響，圓圈居然被按得凹了進去。忽然沉重的石塊摩擦聲響起，三人忙回頭看去，只見地上忽然如鬼魅般升起一根正方形石柱，石柱約有一尺見方，高約兩米，孤零零地立在地上。東子圍著石柱轉了一圈，又摸摸，說：「這石柱有什麼作用？踩著它也夠不著那扇門啊？」

田尋見機關見效，高興地說：「別著急，繼續來！」三人又找到「不可崇拜偶

第三十二章　升天通道

像」那幅圖按下去，果然，緊貼著那根石柱又升起另一根石柱，而且比頭一根石柱還高一米多。

程哥恍然大悟：「我明白了，一共有十根石柱，這十根柱子連在一起，依次加高，最後連成階梯通向那扇門，太好了，看來我們離洪秀全地宮越來越近了！」

東子一聽這話也來了精神，說：「那還磨蹭什麼？快接著弄啊！」

田尋和程哥再找第三條「不可妄稱耶和華的名字」，有一幅圖畫的是一個人對一群人說話，好似高談闊論的樣子，程哥說：「應該就是這個。」

田尋伸手按下，卻並沒有石柱升起，程哥說：「奇怪，難道是找錯了圖？」正在程哥回頭去看那地上的字時，忽然「嗆」的一聲大響，從牆壁裡飛出一個雪亮的精鋼鋸片，這鋸片直徑足有圓桌面大，高速旋轉著從牆壁的一條細縫中飛出，剛好打在程哥後背上。田尋一見眼前有道白光閃過衝向程哥，就知道大事不好，來不及出言提醒，那鋸片已擊中程哥後背。

程哥聽得身後有動靜，可還沒等他回頭去看，就覺得後背好像被人猛踹了一腳，他「哇」的一聲大叫，身體凌空飛起，鋸片打在他後背上又向上反彈，斜斜飛向牆壁，「嚓」的一聲嵌進牆裡，露在外面的鋸片還不住地嗡嗡顫抖，餘勢未消。

東子和田尋大驚失色，連忙跑到程哥身前，只見程哥躺在地上，一動也不動，東子哭喪著臉說：「完了，這下老程肯定被鋸片給鋸死了！」

田尋翻過程哥身體，只見他臉上肌肉動了動，慢慢睜開眼睛，看了看田尋，又看看東子，說：「怎麼回事，誰推了我一下？」

一看程哥似乎不像受傷的模樣，田尋連忙問他：「你受傷了嗎？疼不疼？」

程哥費力地坐起來，說：「後背有點疼，好像剛才被誰踹了一腳似的。」田尋一看程哥的後背，只見他後面的背包已經完全被鋸片給撕爛了，裡面的裝備散了一地，伸縮撬槓已經斷成兩截，還有伸縮尖錘、水壓表、軍用水壺等東西都鋸開了大口子，這下大家才明白，原來這背包裡有很多裝備都是金屬製成，那鋸片雖然力量巨大，但這些擠在一塊的金屬裝備起到了盾牌的作用，極大地緩衝了鋸片的能量，同時程哥倒地時，鋸片又繼續向前飛出，多數的力量又被牆壁抵消，所以程哥只受了一些撞擊傷，竟然沒傷到皮肉。

田尋拿著這些損壞的伸縮撬槓、尖錘和水壺等東西，說：「程哥啊程哥，你的運氣太好了，這些東西救了你一命啊！」程哥死裡逃生，他接過田尋手裡那只被鋸片生生鋸了一個大口的軍壺，感慨地說：「真是天可憐我程思義，我又從鬼門關裡轉了一圈，如果出了這個墓，我一定用我全部的家當造一座金佛，供在寺院裡。」

東子也說：「這可太巧了，如果剛才你不是湊巧回頭，那鋸片就打在你肚子上了，那可就開膛破肚了。」

程哥說：「可不是嗎？我的老天爺，沒想到這甬道裡的機關竟如此厲害！」他在田尋的攙扶下慢慢站起，走到牆壁上嵌著的鋸片旁，只見這鋸片打磨得精明鋥亮，光可鑒人，閃著藍汪汪的幽光，外圈密佈著手指長的鋸齒，齒上還生有倒刺。

程哥看著這大鋸片，心裡一陣陣後怕，田尋說：「真奇怪，難道是剛才那幅畫找錯了？」說完又去研究牆壁上的圖案。

程哥說：「再看看，有沒有更符合的內容。」找遍了牆上的所有圖案，有一幅畫的是一個人正在打另一個人，同時右手高舉，口中做念誦狀，田尋說：「是不是這個？」

東子湊過來說：「你們最好看準了，要是再從哪兒飛出一個鋸片來，可是防不勝防。」

程哥說：「也就是這幅圖比較貼切了。」

田尋看著程哥說：「那就是它了？」程哥用力一點頭，田尋伸手去按那圖，程哥和東子不約而同的躲到一邊。圖案被按下，又一根石柱升起，終於蒙對了。

程哥和東子高聲歡呼，田尋說：「現在高興太早了吧？還有七個呢！」

程哥說：「第四誡是什麼來著？」

田尋說：「安息日要拜上帝。」

東子問：「安息日是什麼意思？」

程哥說：「就是禮拜日，人們以前每週休息星期天，就是從這個來的吧？」

田尋說：「對，看看哪幅圖是。」

東子說：「那這幅是吧？」三人一看，乃是一群人跪拜在地，左上角有兩個紅色小字「日曜」，田尋說：「太對了，就是這個。」

第三十三章　女書十誡

程哥說：「我來按！」圖案被按下，第四根石柱緊貼著三根石柱升起，高度也達到了五米左右。

接下來又順利通過了「孝敬父母」、「不可殺人」、「不可姦淫」、「不可偷盜」四關，面前已經有八根石柱，最高的一根足有九米，離高處那扇金龍盤柱的大門僅有不到三米的差距。

第九誡是「不可做假見證」，程哥指著一幅圖說：「我看這個很符合，你說呢？」田尋見畫的是一個人站在桌子前，一手平舉，一手扶在一本書上，也覺得應該是它，於是按下這幅畫，卻沒有石柱升起。

田尋大叫一聲：「不好，大家小心！」三人連忙回頭，緊張地環視四周。忽然，在東子腳邊的地面上猛地探出一個旋轉著的精鋼鋸片，這鋸片就像有人控制似的，探出地面有半米多高，然後又沉了下去，形如鬼魅。嚇得東子一聲大叫跳開數尺，田尋和程哥也嚇了一跳，程哥說：「大家散開，小心腳底下！」三人立刻分開，這時又一個鋸片剛好從田尋雙腿中間飛出來，田尋魂不附體，猛一個前衝撲倒，那鋸片從地底下直飛上天，「咣」地嵌在頭頂石板上。

田尋只覺大腿根內側火辣辣的一陣疼痛，用手一摸，滿手都是鮮血，看來是被鋸片刮傷了肌肉。程哥連忙跑來查看他的傷口，看了後說：「還好傷口不深，先上些藥。」

田尋阻止他說：「等一會兒，看看還有沒有暗器！」話音剛落，一個鋸片橫著從牆壁飛出，此時程哥正蹲在田尋身邊，那鋸片就飛向程哥的臂膀，田尋來不及告訴他躲避，飛出一腳將程哥踹倒，鋸片幾乎是貼著程哥的鼻尖擦過，鏘的一聲嵌在牆裡。

東子一把將程哥拎起來，三人渾身都是冷汗，心臟怦怦狂跳，不知道這神出鬼沒的鋸片什麼時候冒出來。過了有五、六分鐘，再無異常。三人稍微平靜了一下，這才放鬆些。程哥找出一些止血藥讓田尋敷在傷口上先止住了血，然後兩人又來到牆壁上去找圖案。

田尋又找到一幅圖，乃是一人指著另一個人，而在他身後一人縮頭偷笑。程哥說：「找遍整個牆壁，也就這幅圖最接近『不可做假見證』這句話了。」

東子在旁邊說：「你們可看好了，我只有一個腦袋！」

程哥說：「你看我像有兩個腦袋的人嗎？」

田尋又找了一圈，說：「就是它了，我來按！」按下圓圈後，第九根石柱應聲而起。

三人擦了擦汗，田尋說：「就剩下『不可貪圖他人財物』了，剛才有一個是『不可偷盜』，這兩種內容很接近，千萬別弄混了。」

程哥說：「我看這個很像，你看，這個人牽著一頭驢，旁邊那人四處尋找。」

田尋看看其他的圖案，說：「好像沒有比它再合適的了，那就是它了，就看最後的一下了！」伸手剛要去按，東子忽然說：「等一下，我看這個更合適！」

程哥和田尋順東子手指的方向看去，只見一人手拿一錠銀子，另一人在旁邊做愁眉苦臉狀，兩人長相、胖瘦和衣著都一模一樣。程哥說：「你怎麼知道這幅圖更合適？」

東子說：「這兩人應該是兄弟倆，哥哥借了弟弟的銀子不還，弟弟雖然犯愁，卻沒辦法要回來，剛才那人是偷了別人的驢，還應該算是『偷盜』而不是貪圖，在兄弟之間這才更像貪圖財物，你們說呢？」

兩人互相對視，又瞅了瞅東子，程哥說：「好像他說的也有道理，那到底該選哪一個？」

田尋想了想，說：「我們三個舉手表決一下吧，這樣更民主一點。」

三人開始表態，結果東子和程哥各選一邊，田尋倒成了關鍵的一票。他想了想，對程哥說：「我還是同意東子的選擇。」

這時東子卻退縮了，他說：「嘿嘿，我也是隨口說說，你們倆再好好研究一下吧！」

程哥說：「田尋，你拿主意吧，我相信你！」田尋看了看他倆，堅定地把手掌伸向東子選擇的那幅圖，按了下去。只聽「嘩」的一聲，第十根石柱應聲而起，這根石柱已經是緊貼在甬道盡頭的牆上，十根石柱依次加高，遠遠看去就像一架巨型排簫。

三人都跳起來，大聲歡呼。東子非常得意，自負的神態溢於言表。程哥興奮地說：「現在好了，我們通過了十誡，快上石柱！」東子縱身跳上石柱，又把田尋和程哥拉上來，三人依次往上爬，爬到第十根石柱時，已經在十多米的高度了，那扇金龍盤柱的紅木門就在眼前，東子伸手用力一推，釘著銅釘的紅木大門應聲而開，從裡面飄出一股十分特殊的香味。

這股味道幽香醉人、似蘭似麝，既像花香，卻又有點胭脂的意思，總之聞了之後感覺非常舒服。東子用鼻子使勁抽了抽，說：「這是什麼香味？比他媽的法國香水還好聞！」

第三十三章　女書十誡

程哥連忙一捂他鼻子說：「小心有毒，快別聞！」東子一聽嚇得連忙蹲下，三人從背包裡取出防毒口罩戴上，過了一會兒，東子並沒覺得身上有什麼異樣，三人這才陸續跳進木門裡面。

進得裡面，三人用手電筒一照，卻大感意外，這裡的擺設陳飾像個大戶人家的家宅，十分豪華講究，房頂吊著垂金箍紅穗的宮燈，桌上也有幾盞彩繪紗燈，借著手電的燈光，從傢俱形狀來看應該是明朝中期的風格。東子掏出打火機，分別點著了紗燈和房頂的宮燈，屋裡頓時亮堂起來，傢俱擺設也看得更清楚了，三人仔細一看，才發現這屋裡的裝飾簡直可以媲美一品大員的豪宅。

從擺設看，這顯然是一間客廳，只見地上鋪著厚厚的淡藍色地毯，牆上掛的是張瑞圖的山水人物畫和米萬鐘的行書對聯，清一色的黃花梨木雕花傢俱，有長凳、帶琺瑯圖案的靠椅、鏤空腿的茶几、雕花圓拱形月亮門，茶几上擺著一套掐絲貼赤金龍紋的瓷茶具，就連牆角的一座高腳花架也是花梨木的，上面還擺著一盆萬年青。

三人在客廳裡轉了半天，不由得嘖嘖稱讚。程哥說：「我盜了這麼多座墓葬，還從來沒見過如此講究的『事死如事生』擺設，簡直太奢華了。」

東子說：「什麼……是死是活？」

程哥說：「不是『是死是活』，是『事死如事生』，這是古人修建陵墓的一個習慣，從漢代開始就這樣，他們把陵墓內宮的建築修得和死者生前居住的房屋一樣的風格，為的是讓死者在陰間也能過上陽間的生活，就像沒有死去一樣。」

田尋看著一把雕刻精美的椅子說：「都說黃花梨木比黃金都貴，光是這屋子的這幾件花梨木家具，我看少說也值個幾百萬，就不用說別的了，看這把椅子，典型的明中後期樣式。」

東子說：「洪秀全不是清朝人嗎？怎麼是明朝的風格？」

田尋說：「洪秀全把清朝政府看作是反動政府，自然對清朝的東西是一概持反對觀點了。」

程哥說：「可這屋子修得也太講究了，一般的大墓葬也就是搭幾間房子，再放些簡單的家具，略是意思就行了，如果不是親眼所見，我絕不相信我們現在竟是在一座墳墓裡！」

田尋說：「雖然這屋子精美異常，但我們還是不要隨意亂摸亂碰東西，以免中招。」

東子不懂古玩鑒賞，對屋裡的這些東西顯然也不太感興趣，他走到雕花拱門裡，對兩人說：「喂，你們來看，這裡面還有走廊呢！」

第三十三章　女書十誡

三人穿過月亮門，果然見一條曲折的走廊直通廂房，三人信步朝後宅走去，又經過一個月亮門，來到一間廂房。

這間房的風格與客廳大不相同，應該是一間臥室，陳設多以淺色調為主，淡紅色的地毯、掛著淡粉色紗簾的床、白瓷花盆、白色的雕花窗櫺，窗下擺著一張桌子，上面還有紙筆等文房四寶，田尋見紙上還寫有字，拿起來一看，上面寫著：「洗身穿袍梳理髮，疏通紮好解主煩；主髮尊嚴高正貴，永遠威風坐江山。」田尋笑了笑，這句詩是當年洪秀全所做，他的詩一向文理不通，屬於純粹的歪詩。

這臥室裡彌漫著一股香味，與剛才三人聞到的香味一樣，只是味道更加甜膩，簡直讓人耳飭目軟，中人欲醉。東子閉著眼睛說：「太香了，聞到這香味就好像做了夢似的，就像……怎麼說呢？一時還說不好！」

田尋也閉上眼睛，深深吸了一口氣，慢慢說：「就像處在一座幽靜曲折的江南庭院，小橋流水、花鳥啾鳴，遠處的小亭中還坐著一位氣質高貴的美女，手捧詩集正在看書……」

東子說：「你太有才了，我也是想這麼說，就是一時不知道怎麼組織語言！」

程哥笑了笑，心說就你肚子裡那點墨水，染指甲蓋都不一定夠用，還想說出這麼有詩意的語言？簡直是笑話。

田尋說：「這香味可真厲害，隔著防毒口罩也能聞到，如果是有毒的，那我們三個可就全完了。」

忽然，東子哈哈一笑說：「這裡還有一張床呢，看看裡面有沒有美女！」說完他走到床邊，伸手掀開床上掛著的淡粉色幔帳，卻見裡面竟真坐著一名宮裝女子！這女子側身坐在床邊，臉轉向裡，雙手互搭放在腿上，髮髻如雲高高挽在頭頂，穿一身淡粉色的衣裙，身材窈窕，只能看見滿頭的珠翠首飾和她纖纖手腕上戴的翡翠手鐲。這女子孤單地坐在床邊，似乎在等待著君王的召見，又好像內心有無限寂寞，只好發呆排遣時光。

東子頓時聞到一股更濃烈的香味，他覺得有些神馳意搖，身體似乎有些不受控制，不由得慢慢坐在床上，伸手就去扳那宮裝女子的肩膀。

程哥和田尋也看到床裡的女子，都大感意外，難道這女子在這張床上坐了一百多年？程哥見東子像著了魔似的要摟那女子，他大喊一聲：「東子，你別碰她！」

可東子已經將那女子扳得轉過了身，東子滿以為這女子肯定是容貌秀麗、國色天香，然而映入眼簾的赫然是一張乾枯如骷髏般的臉龐，兩隻眼睛和嘴唇早已爛掉，只露出兩排白森森的牙齒，兩個黑洞洞的眼眶直瞪著東子，似乎在惱怒他為何打擾自己的清靜。

第三十三章　女書十誡

東子嚇得好像從火爐裡一下墜入冰窖，只覺得半身冰涼，忽然那女子兩排牙齒中噴出一股綠煙，正中東子的面門，他嚇得大叫一聲用力推開那女子身軀，同時向後急退，可他忘了自己是側身坐在床上，身後是雕花的木床邊沿，後背和腦袋整個撞在床沿上，只聽喀喇一聲大響，居然硬生生把紅木床沿給撞裂了。

程哥和田尋連忙上前拉回東子，幸好東子戴著防毒口罩，並且剛才看到綠煙之後又下意識地緊閉眼睛，才沒有中毒，只是後腦勺被撞出一個雞蛋大的腫包。

那女子被東子推開後，從腰帶上掉下一塊小小玉牌，跌落床邊，田尋撿起玉牌一看，只見上面寫著「第八十八妻」五個小字。

程哥說：「這是什麼東西？我看看。」

田尋遞給他說：「史書記載洪秀全在南京定都之後，就開始興建金龍殿享受生活，他光正式妻子就有八十八個，他兒子洪天貴福被清軍俘虜後在供詞裡說：『我現年十六歲，老天王是我父親，他有八十八個母后，我九歲時他就賞給我四個妻子……』這塊玉牌應該就是洪秀全妻子們的編號。」

東子邊揉腦袋後面的腫包，邊說：「八十八個妻子？還他媽的真敢幹！那這第八十八妻就是他最小的老婆了？」

田尋笑著說：「有可能。」

程哥拿著玉牌說：「洪秀全其實不止八十多個妻子，在《江南春夢筆記》中說，除了王后之外，還有愛娘、嬉娘、妙女、姣女等十六個等級，一共兩百多人；另外在王妃名下還設姹女、元女等九百多人，這就是一千多人了，這一千多女子都是洪秀全的玩物，隨時都得無條件地陪他睡覺。」

東子叫起來：「我操！不都說洪秀全是農民起義軍的領袖嗎？敢情他比真正的皇帝還腐敗？」

田尋說：「可不是嗎？和洪秀全同時代的清朝咸豐皇帝才有十八個嬪妃，跟洪秀全相比，簡直就是小巫見大巫。對洪秀全這個人有的人是全盤肯定，也有人全盤否定。但他這個人實在是缺點太多，還沒平定天下就開始生活腐化，光衝後宮這一點，他也難成大氣，並且註定早晚失敗。」

程哥說：「咱先不談他了，快離開這裡。」三人不敢再多逗留，見右首還有一扇雕花拱門，連忙走進門內離開此屋。遠離之後，東子摘下口罩，連連咳嗽幾聲，從背包裡摸出水壺大喝了幾口水，程哥埋怨說：「告訴你別亂碰這裡的東西，你怎麼非要去碰？」

東子邊咳嗽邊說：「我不是想碰，可那時候聞著那股香味，就像不受自己控制了似的，一心就想去摟那女人！」

第三十三章　女書十誡

田尋說：「這屋裡的香味雖然沒有毒，但卻有降低人警覺能力和擾亂判斷力的作用，我們千萬要堅定意志，不能亂了方寸。」

程哥說：「可惜我們帶的風油精都灑在那蕭朝貴的水廳裡了，否則在鼻子底下摸一些，什麼味道都不怕，現在就只能靠自己的意志力了，大家記住，從現在開始，一切無關的東西都不要去碰！」

東子戴上口罩，罵道：「這洪秀全太他媽陰險了，居然把娘兒們都作成暗器來害你東爺，等我找到你的棺材，非把你的骨頭一把火燒光了不可！」

他一提洪秀全，田尋說：「這裡似乎還不是洪秀全的地宮，剛才那宮女既然是他的嬪妃，那這裡應該只是他的後宮。這傢伙真是色性不改，就連死了也不忘在陵墓裡安排一個美女來伺候他。」

東子說：「那也叫美女？鬼都比她好看，你剛才是沒看到！」

田尋笑著諷刺他說：「她在床上坐了一百多年，再漂亮的臉蛋也爛得差不多了，我估計當時她應該還是有點姿色的，不然洪秀全也不能選上她。」

程哥說：「好了，咱們繼續往前走吧！」

三人穿過月亮門，經過迴廊，迴廊盡頭乃是一扇高大的紅漆大門。東子推了推門，門稍微動了動但打不開，似乎在裡面上了鎖，程哥嘆口氣說：「要是胖子在就好了，這門對他來說，簡直就是小菜一碟。」

東子看了看程哥，臉上現出不悅之色，他後退幾步，「嘿」地輕吐口氣，一個回旋飛腳猛踢在門上，這扇門相當厚重，但在東子一腳之下，喀喇一聲大響，整扇門板都裂開，連門軸都斷了，殘缺的門板斜掛在門軸上左右晃動。田尋和程哥對視一眼，不由得都笑了，均暗想這傢伙一向喜歡使用暴力，有時倒也管用。東子哼了一聲先從破門走進去，兩人隨後跟入。

三把強光手電筒一照，見這裡是座寬大的宮殿，牆邊另擺放著許多高腳紗燈，三人用打火機點燃紗燈裡的粗大紅蠟燭，宮裡頓時亮堂起來，等三人看清宮殿裡的擺設時，卻又嚇了一大跳。

第三十四章　骷髏妃

這宮殿足有三十多米寬、一百多米長，地上鋪著厚厚的花紋地毯，十幾根高大的雕花柱子點綴其間，另有許多彩繪的屏風，一些鏤花臥床、靠椅、紅木書案、茶几、梳粧檯和花架錯落有致地放在廳中各個角落，近百名宮裝女子穿著各色鮮豔服飾，或坐、或臥，或梳理鬢髮，或案前寫字，還有的在賞花交談，但這些女子無一例外都是面容乾枯、形似骷髏，眼睛爛得只剩窟窿，牙齒也露在外面，十分可怖。

雖然明知道這些女子都已經死了一百多年，但三人還是靠在門邊沒敢亂動。田尋說：「這些女人都是誰？」

東子指著一個女人叫起來：「你們看，這些女人身上也都有玉牌！」

程哥有些激動：「原來這些女人都是洪秀全的妃子，卻原來都死在這裡，成了他的陪葬品！」

田尋也氣憤地說：「太卑鄙了！人死了修這麼大一座陵墓不說，還無辜害了這麼多女子的性命，這不是草菅人命嗎！」

三人在廳中慢慢行走，看著這些姿勢各異的女子，程哥說：「古代的工匠也真是厲害，這些女子有站有坐有臥，姿勢各不相同，不知道用的什麼特殊方法將她們固定在地上，一百多年也沒改變姿勢，就跟蠟像一樣！」

再看牆上，還掛著很多幅宮女的畫像，旁邊大多配有題詩。有幅畫上是一個年輕貌美的宮女正款款走來，旁邊卻有個長相普通的宮女在跪著哭泣，旁有詩說：「一眼看見心花開，大福娘娘天上來；一眼看見心火起，薄福娘娘該打死」，還有一幅畫是幾個宮女在笨手笨腳地梳妝，旁邊題詩雲：「跟主不上永不上，永遠不得見太陽！面突烏騷身腥臭，嘴餓臭化燒硫磺！」其他有的寫著「洗身穿袍梳理髮，疏通紮好解主煩；主髮尊嚴高正貴，永遠威風坐江山」，有的寫著「朝朝穿袍鐘鑼響，響開鐘鑼盡朝陽，後殿此時齊呼拜，前殿門開來接光」。

看了這些題詩，程哥對田尋說：「也難怪這洪秀全考了四次秀才也沒考中，從這些狗屁不通的詩來看，他要是能考中就怪了！」

田尋說：「雖然詩差了點，可這些畫倒是有相當的水準，應該是由當時一流的畫師繪成的，只可惜被這些歪詩給糟蹋了。」

廳正中擺著兩排雕花套黃緞的紫檀木椅，椅子上也坐滿了宮裝女子乾屍，應該是地位比較高的嬪妃。廳前首放著一個神案，神案後頭端端正正地放著一口描金彩繪的巨大棺槨。三人來到神案前，見上面有一隻純金的香爐，香爐後面有個白玉牌位，上寫著「太平天國天王萬歲又正月宮娘娘之靈位」。

東子說：「這棺材裡裝的是嫦娥嗎？怎麼連月宮娘娘都出來了？」

程哥說：「這是洪秀全妻子的棺材！」

田尋說：「原來他妻子的棺材真的也在這墓裡，我原以為她是先死的，應該另葬在外面呢。」

東子說：「你怎麼知道這是他老婆的棺材？」

程哥說：「洪秀全自稱是上帝的兒子，還說他在天上有一位正室名叫『正月宮娘娘』，所以才把他的妻子叫『又正月宮娘娘』，其實就是王后而已，所謂的什麼『月宮』都是他用來滿足自己那份虛榮心的。」

田尋又來到那彩繪棺材前仔細欣賞，不住地讚嘆道：「這口棺材簡直就是一件藝術品！你們看，棺身是金絲楠木的，光這是塊木料就價值連城，而且上面的鳳凰、雲彩等花紋都是用和闐玉雕刻好後鑲在棺木上的，其他地方也用赤金漆描畫，還鑲著翡翠寶石和珍珠做點綴，真是巧奪天工啊！」

程哥和東子也過來，東子說：「這塊大綠寶石挺好啊，這棺材太沉了我們搬不走，這寶石我得先弄下來，在這墓裡折騰半天了，連一個大子兒都沒得著，太賠了！」說完，他掏出軍用匕首就去撬棺材上鑲著的翡翠寶石。

程哥連忙攔他：「你怎麼這麼沉不住氣？這棺材外面都如此裝飾，裡面豈不是更有好貨？打開棺材看看！」

東子一聽覺得有道理，於是又掏出伸縮撬槓說：「那還等什麼？咱們三個先把棺材弄開再說！」田尋雖然心裡不太贊成撬這個棺材，但他對裡面的東西也充滿好奇心，於是他和程哥也都取出伸縮撬槓開始撬棺材。

這棺材外面還有槨室，所謂槨就是棺材外面又套了一層大棺材，也就是所說的「內棺外槨」，這個槨並沒有什麼特別的功用，大多是為了顯示墓主人身份高貴或者家資豪富，有用兩層槨的，如果身份特別高比如諸侯或是宰相、親王等人，也有用三層甚至四層槨的，這些槨並不是簡單的一個木箱子，大多製作考究，有的還繪有表明墓主身份的彩畫，做工甚至比內棺還要講究。

槨室一般都不用釘子封死，而是直接用榫頭壓牢，三人撬了一會兒，槨室的蓋子就被撬開了，蓋子剛一挪走，裡面頓時放射出金爛爛的光線，晃得三人眼睛都睜不開了，等再定睛一看，大夥都驚呆了。

只見槨室裡面擺著一口巨大的黃金棺材，這棺材分為上下兩部分，每一部分竟然都是用整塊金塊捶打而成，上面的棺蓋被製成簡單的一個人形，表面用黑色和紅色的細線繪出一個女人的形象，顯得十分考究高貴，棺材表面的純金發出一股柔和

第三十四章　骷髏妃

的光輝，似乎鍍上了一層淡淡的光暈。

程哥張大了嘴，一時說不出話來，東子的兩隻眼睛似乎也被金子給鍍上了金色，他不禁伸手去摸金棺表面，冰涼的感覺並不太好，但在東子看來，這感覺簡直比摸漂亮女人的胴體還要來勁。田尋看著棺材眼睛發直，喃喃地說：「這棺材……這棺材就是無價寶，估計埃及法老王圖坦卡蒙的金棺也不過如此！可惜只有我們三人能看見，這要是公佈於世，那一定是轟動世界的考古大發現！」

東子說：「什麼，公佈於世？你昏頭了吧？這棺材是我們發現的，當然就歸我們了！現在它就姓平了，屬於我平小東所有，如果我高興的話，也可以掰下幾塊金子來，分你倆幾塊，哈哈哈！」

程哥不搭理他胡說八道，對田尋說：「這黃金棺材蓋分量不能小，不知道我們三個能不能搬得動。」

田尋走到棺槨邊仔細一看，只見黃金棺材的上蓋和底座間有道大約十毫米左右的空縫，看來這棺蓋只是浮放在底座上的，他說：「我們三個用力推一下試試。」

三人來到槨室一側，一齊用力去推那棺蓋。這棺材有一米多寬，兩米多長，棺蓋厚度也有一尺多，按黃金的比重推算，至少也得有一噸多重，三人卯足了勁，腦門上青筋暴起，棺蓋漸漸平移開，露出了幾公分的間隙。

程哥擦擦汗，拿過撬槓說：「現在我們把撬槓伸進縫隙裡，一起用力撬開！」三人都把撬槓插在棺材縫隙裡，使勁撬了起來，槓杆原理畢竟比用蠻力方便，不多時已經將黃金棺蓋推開半尺多。程哥從背包裡取出三個帶鋼絲繩的抓鉤，分別鉤在黃金棺蓋的外沿，再把鋼絲繩甩在棺蓋另一頭，將繩頭分給田尋和東子，說：「剩下的工作就是把棺蓋拉開了，來吧，這可是力氣活。」

東子說：「我沒別的，就是有力氣，你們倆要是定不住了，就先吃點壓縮餅乾啥的。」

田尋急著想看棺材裡面的東西，就說：「不用，也太小看我了吧？」三人來到棺材的另一側，將鋼絲繩套在肩膀上，像老黃牛拉縴似的開始用力拉那黃金棺蓋。只聽沉重的金屬摩擦聲「嚓嚓」響起，棺材蓋被一下一下地拉開，當大半個棺蓋露出槨室時，棺蓋失去平衡，「咣噹」一聲從槨室邊緣掉下來，翻身底朝上砸在地上，巨大的聲音在大殿裡嗡嗡迴響。

三人見棺蓋打開，心也都提到了嗓子眼，田尋整理一下臉上的防毒口罩，對程哥說：「我們過去看看！」卻見程哥眼中露出恐懼的神色，他說：「你們倆去看吧，我有點累了，先坐下歇會兒。」

東子迫不及待地解下身上的鋼絲繩奔向棺材。田尋見程哥臉色有異，不覺多看了他幾眼，程哥看著田尋，臉色又變，似乎有什麼說不出來的難言之隱。

田尋道：「程哥，你就真的不想看看那棺材裡裝的什麼東西？，還是你怕有什麼危險，不敢看不成？」

程哥神色不安：「我不是不敢看，只是……我沒有別的意思。」

他越解釋田尋就越起疑，正要再追問，卻聽東子在那邊欣喜地大叫：「我的天，我們發財了！發財了，哈哈哈！」兩人尋聲望去，見東子站在棺材前，臉上映得都是金爛爛的光亮，似乎連腦袋也都變成了黃金做的一樣，雙眼睜得比牛眼還大，貪婪地盯著棺材裡看。田尋被強烈的好奇心擊敗了，他不管程哥心裡的想法，自己也跑到棺材前面去看。

只見棺材裡平躺著一位婦人的屍體，頭戴金絲鳳冠，鳳冠上一圈都是鵪鶉蛋大的珍珠，項掛紅寶石朝珠，身穿五彩鳳紋霞衣，腰繫鑲金纏絲玉帶，屍骨臉上乾枯黑陷，已經爛得所剩無幾，雙手平交胸前捧著一隻白玉笏板，五根乾枯的手骨上戴滿了紅、綠寶石戒指。屍體周圍堆著無數金銀珠寶，有大大小小的珍珠，翡翠寶石、貓兒眼、祖母綠項鏈，還有玉佩、玉片，金佛、銀簪等等，將棺材塞得滿滿的。

這裡面隨意取出一件東西，至少也能值十幾萬甚至更多的錢，田尋平生哪見過這麼多珍寶，當時就呆住了。

東子大笑著叫道：「程哥快過來，咱們終於找到寶貝啦，發財啦，哈哈……」

程哥見兩人並沒有什麼異常，於是也慢慢走了過去，一看棺材裡的無數珍寶，也驚得說不出話來。

他盜了二十多年墓，最大的收穫也無非是十六年前盜挖湖北獅子山楚王墓。當時他們六個盜墓賊費盡力氣進到槨室時，得到了一尊兩尺多高的純金藥師佛像。這尊佛像後來托人在澳門出手，買家是一位英國大收藏家，最後賣了六百萬美金。

六個盜墓賊按資格分贓，程哥當時只是個新手，只分到手四十萬美金，當時的外匯牌價是一美元兌換五塊人民幣，但即使這樣，也讓他在家鄉買了一幢三層的歐式洋樓，還配了輛日本高級轎車。在之後的盜墓生涯中，他再沒遇到那樣的好運氣，原因很簡單，中國地底下古墓越來越少，而吃這碗飯的人卻逐年增多，碰到大墓、好墓的幾率簡直比中五百萬還低。但話又說回來，每挖到一座墓葬，少說也能得個十幾萬塊錢。

而現在眼前這口黃金棺材裡的金銀珠寶，已經遠遠超出了他的心理範圍，光是這口黃金打造的大棺材就有幾千斤重，他甚至沒法對這滿滿一棺材的寶物估價，因為東西太多，以往盜墓賊最怕的，就是費了九牛二虎之力卻找不到啥值錢東西，而

第三十四章　骷髏妃

現在程哥反而有些擔心這麼多珠寶該怎麼帶出去。

東子俯身從棺材裡撈起一大捧珍珠，發著柔和光輝的珍珠在他顫抖的手裡晃動，沉甸甸地互相擠著，東子眼睛放光，嘴裡還不住地嘟囔：「這可是珍珠啊，貨真價實的珍珠啊，每一顆都是錢，都是洋房、轎車，還有美女……」

程哥強制靜下心，拍拍東子的肩膀說：「你中邪了吧，嘟噥什麼呢？」

東子嚇了一跳，手裡的珍珠從指間滑落不少，他身體一側，連忙把捧著珍珠的手挪得離程哥遠些，好像怕他搶似的。

程哥不覺失笑：「你這是幹什麼？難道還怕我搶嗎？」

田尋也覺得可笑，故意氣他說：「東子，你不用害怕，這一棺材的珍寶都給你，可就怕你拿不走啊！」

東子把眼一瞪，說：「我怎麼拿不走？就是爬，我也要爬著把珠寶拖出去！」

程哥從棺材裡拿起一尊翡翠玉佛，溫潤的手感令他愛不釋手。

田尋也撿出一隻貓兒眼的戒指，看著戒指精美的做工，說：「這些東西都是太平軍從十幾省的王侯、富戶家裡搜刮得來的，最後卻成了死人的陪葬，說不定幾經人手，還會回到原先主人家裡。」

三人欣賞了半天珍寶，喜悅之情漸漸消退，又開始發起愁來，因為他們發現這大殿裡並沒有其他的出口，似乎是條死路。

田尋說：「回去看看，也許那迴廊還有支路通向另外的地方。」三人從破裂的紅漆木門出來，在迴廊上來回走了一遍，卻沒看到有任何支路，只得又返回到大殿中。

回到黃金棺材旁，東子又從棺材裡往出撈珠寶，一件一件地欣賞、把玩著，程哥和田尋在屋裡四處查看，想找到些線索，可找了半天，還是毫無頭緒，程哥拿出些壓縮餅乾，和田尋就著水吃了些。田尋看著東子在棺材那邊愛不釋手地挑選金銀珠寶，回頭對程哥說：「程哥，咱們自從那慈雲寺後殿報本堂暗道下來，到現在也經歷了不少磨難，跟那唐僧取經差不多，而且一路上我們幾個人也都差點死過好幾回。我本來是從瀋陽出差旅遊到西安的，不想遇上了王全喜，介紹我加入你們的隊伍。原本你說是受一名考古教授之托來湖州進行考察，看來這是假的，現在咱們三個還是沒有脫險，能不能活著出去還是個未知數，我希望你能跟我交個實底兒，你們到底是為誰工作？還是根本就是為了發財而盜墓的？」

程哥正喝了半口水，一聽田尋的話，他停止喝水，慢慢放下水壺，擰上蓋子，側頭看了看東子，他還在那邊像守財奴葛朗台似的在玩珠寶，根本沒理會兩人。他嘆了口氣，把水壺收回背包裡，說：「田尋，到現在這情況，我也沒有必要瞞你了。其實這一路上，你都在懷疑我們這四個人的來路和動機，不錯，我們來湖州並不是為了什麼歷史考察、考古，你的懷疑也是對的，我和胖子、禿頭、東子也不是什麼考古隊的成員，我們都是不折不扣的盜墓賊。不過，我們倒真是受了一位教授之托來湖州毗山，我們的任務就是找到洪秀全的陵墓，最好是能找出陵墓裡的地宮，並將一些價值連城的東西帶回去，我們每個人都有三十萬元的報酬，先付十萬，事後之後再付二十萬，如果我們沒能找到地宮，那每個人就只能得到十萬。」

田尋早就料道這幾個人是盜墓賊，但親口聽到程哥承認，心裡還是感到十分憤怒。他說：「那你們誆我入夥是為了什麼？我又沒盜過墓，也沒有盜墓的經驗，我能幹什麼？」

程哥低頭看著手上的壓縮餅乾，說：「那也是碰巧，王全喜打電話給我，說在他的古玩店裡遇到一個對古玩鑒定很有些功力的年輕人，頭腦也靈活，如果加入的話，對我們的行動會有很大幫助。」

第三十五章 粉紅機關

田尋冷笑一聲：「有很大幫助？如果我沒猜錯的話，你們讓我入夥無非就是想多個擋箭牌、人肉盾吧？一直以來都是我打頭陣，就算被人抓到，也可以把我拋出去當替罪羊，我說的對嗎，程哥？」

程哥抬頭看了看他，沒說話。

田尋又說：「那指使你們的人又是誰？」

程哥搖搖頭：「我也不知道，這人的身份只有王全喜知道，可他從不和我提起這個教授，連他是哪裡人、多大年紀，我們四個都毫不知情，當然這也是這個行業的規矩，我也不便多問，但我知道這個人肯定很有實力，我們所有的裝備和經費都是由他提供的。」

田尋哼了一聲，說：「這我也看出來了，你們不但有全套的工具和裝備，而且還配有九二式手槍，還真不簡單。」

程哥嘿嘿笑了：「說實話，手槍我也是頭一次用，以前幹活的時候，最多也就是帶上幾把仿真槍，或是五連發的獵槍。」

第三十五章　粉紅機關

田尋說：「先別管他教授不教授的，現在我們已經走投無路了，你說該怎麼辦？」

程哥一臉真誠地說：「田兄弟，這一路上你幫了我們不少忙，如果我們三個能平安出去，就把這屋子裡的珍寶都弄出去，咱們三個分了，然後各奔東西，這些財寶足夠我們出國享受一輩子的了！」

田尋說：「現下我最擔心的就是出路的問題，就算我們找到了洪秀全的地宮又能怎麼樣？這陵墓是有進路沒退路，我們根本沒法順原路回去。」

程哥說：「我也想過這個問題，可我們停留在原地不動，只能是等死，我們必須往前走，找到洪秀全的地宮，也許還會有出路，你說呢？」

田尋點點頭：「現在也只有這一絲希望了。可這個大殿裡我們都找遍了，也沒發現什麼線索。」

程哥說：「可能還是要從那四句謎語中找玄機吧？」

田尋坐在地上，用手捏著下巴，慢慢念叨：「**十字寶殿帝中央……雨雷風雲電為王……正反五行升天道……雪下金龍小天堂……**這最後一句的『雪下』是什麼意思？」

程哥說：「難道是下雪的意思？可在這地下的陵墓裡，又怎麼能下雪呢？」

田尋搖了搖頭：「不一定是真的指下雪，可能是與下雪相似的東西，比如說雪花、雪片什麼的。」

程哥說：「那我們再找找？」

田尋躺在厚厚的地毯上，伸了個懶腰，說：「我太累了，真想就在這裡睡上一覺，最好醒來的時候發現我還在西安的旅館裡。什麼湖州、毗山、洪秀全陵墓、大蛇……這一切的一切都是南柯一夢！」

聽了他的話，程哥也不免苦笑道：「如果時間能倒流，我也希望我們根本就沒接這個任務，也沒來過這裡，可惜，你不也說過嗎？歷史不承認假如。」

田尋看著大殿頂上的花紋，喃喃地說：「歷史不承認假如，沒錯，歷史不承認假如……」忽然，田尋的眼光停在屋頂的一件東西上。這大殿的房頂全都裝飾著優美的花紋，有龍形、鳳形、雲形等等，而在這些花紋之中，卻夾雜著一件特別的東西。

這是兩把明晃晃的鋼刀，交叉疊在一起呈×型，很像西方某些國家的總督府裡的擺設，大多是表示威嚴和權力的象徵。可這座大殿只是天王夫人和眾多妃子的陵寢而已，為什麼會有這麼兩把刀不倫不類地夾在這些花紋裡？看上去十分彆扭。

田尋兩手支起身體，費力地去看那兩把刀，可離得有些遠看不大清，程哥一見

第三十五章　粉紅機關

田尋反常，忙問：「你看到什麼了？」

田尋說：「把望遠鏡給我！」程哥不敢多問，連忙從背包裡掏出微型望遠鏡遞給他，田尋接過望遠鏡仔細一看，的確是兩把雪亮的雁翎刀交叉在一塊。程哥回頭看去，說：「你是在看那兩把刀嗎？」

田尋邊看邊說：「這大殿的裝飾和風格都是女性化的，這兩把刀在這兒，你沒感覺有些格格不入嗎？」

程哥說：「的確是有些彆扭，可這能說明什麼？」

田尋想了想，猛然想起一件事來，他說：「史書上說，太平軍習慣把刀叫做雪，把刀下稱為『雪下』，我想起來了！」

程哥說：「哦？真的假的？」

田尋說：「肯定和它們有關，快過去看看！」兩人跑到那兩把刀附近一看，在兩把刀的正下方站著兩名妃子的乾屍，兩名女子身穿淡粉色宮裝衣裙，手持箋花團扇，都微抬左手，共同指著一個放著盆蘭花的檀木高腳花架，似乎在細語交談，評論著那盆蘭花。

二人圍著這兩女前前後後轉了幾圈，沒看出有什麼異常。程哥說：「看上去好像沒什麼可疑的地方。」

田尋想了半天，蹲下撩起其中一個女子的裙子下擺，程哥笑了：「你想幹什麼？這可是在非禮洪秀全的妃子，要犯死罪的。」

田尋說：「我這叫科學考察，不算犯罪。」撩起一看嚇了一大跳，那女子的兩條腿只有一層黑黃的皮膚包著骨頭，根本沒法想像這女子當年也曾經是冰肌雪膚的美貌佳人，也許那時的洪秀全就喜歡經常撫摸這雙「玉腿」。

女子的裙下也沒有什麼可疑東西，田尋站起身拍拍手，沮喪地搖搖頭，說：「看來是我多疑了。」

程哥拍拍他的肩膀，說：「你已經盡力了。在這一路上，很多地方都是全靠你的智慧和知識幫我們，我程思義十分感激你，真的。」

田尋笑了笑，心中暗想：我盡為你們打頭陣了，你能不謝我嗎？忽然，他看到兩名女子共同指的那盆蘭花。

這盆蘭花翠綠欲滴，顯然是假的，不然早就枯成粉末了，放蘭花的花架是紫檀木的，架身呈圓柱形，並且雕成粗細不一的花邊狀，看上去十分別致，這殿裡有十多個這樣的花架，和其他的花架相比，這個也並沒什麼特別。田尋看著兩女子指著這盆花，心中起疑，他走到花架旁邊，端起花盆上下看了看，沒什麼異常。程哥走過來，抱著花架晃了晃，花架好像黏在地面上，一撼之下並沒有動彈，程哥雙膀一較力，「嘿」的一聲就把花架給掰下來了，花架移開，地面上現出一個圓形的金屬凹洞。

兩人蹲下仔細看，只見這金屬凹洞由白色精鋼製成，嵌在地面之下，外形有點像煙灰缸，裡面有個一字形的金屬旋鈕。田尋和程哥對視一眼，臉上泛出喜悅之情。

田尋說：「擰一下試試！」程哥回頭看了看東子，他仍然在棺材那邊把玩珠寶，根本沒搭理兩人的行動。程哥伸出手捏住旋鈕，用力向左一擰，紋絲沒動，再往相反方向擰去，旋鈕被擰了一周後停下。忽然「錚」的一聲，旋鈕沉到了凹洞下面。

兩人連忙站起來跳開，左右顧視殿中，卻沒見有什麼動靜。但兩人知道肯定是觸動了什麼機關，不敢大意，程哥更是緊張之極，掏出手槍環顧四周。

東子站在黃金棺材邊上，手裡正欣賞著一尊祖母綠的千手觀音像，這雕像的底座用黃金打就，而像身是用整塊的祖母綠寶石，十幾隻手臂雕刻得精美無比，握在手裡感覺溫潤異常，東子看得高興，右手握著雕像，左手伸出去從棺材裡撈其他的珠寶。手剛插到珠寶堆裡，還沒等他抓起一把，就覺得珠寶似乎在自己往下淌，他朝棺材裡一看，卻見棺材裡的珠寶連同屍骨正在慢慢地一齊往下沉，好像棺材的底漏了個大洞似的。

東子大驚，連忙喊道：「不好了，這棺材漏底了！」

程哥和田尋一聽，趕忙跑過來看，果然，黃金棺材裡裝得滿滿的珠寶的邊緣線正在漸漸往下移，天王娘娘的屍身也在同時下沉，程哥說：「這是怎麼回事？難道和剛才的機關有聯繫？」

東子說：「什麼機關？」

田尋說：「大家先退後，小心應變！」

程哥和田尋都退開數米，東子沒有退後，反而衝上去，瘋狂地從棺材裡撈珠寶，程哥說：「東子快回來，你幹什麼？」

東子一面急三火四地撈珠寶，一面說：「這珠寶一會兒就沒了，我不能丟下它們哪，我還得帶走呢！」

程哥氣得夠嗆，他衝上去一把將東子硬拉回來，東子雙手捧著滿滿的珠寶拚命掙扎，從指縫裡還不停地往下漏珍珠，在地上滾出老遠。黃金棺材裡的珠寶和屍骨漸漸向下漏，過了半晌，田尋走到棺材邊一看，回頭大聲說：「棺材裡面是空的，下面全是水，好像是條暗河！」

兩人來到棺材邊一看，果見裡面黑漆漆，珠寶和屍骨都不見了，只聽到水流聲

第三十五章　粉紅機關

不斷，似乎是條流動的河。程哥用手電筒朝裡一照，水流還挺急。東子捧著手裡的珠寶，後悔地說：「就這麼點東西呀，真可惜……」他小心地把手裡的珠寶都裝進背包裡。

田尋說：「這裡面的水是活水，很可能是修大殿的時候連通了某條地下水，看來這是唯一的出路，我們得游進去了。」

程哥摘下臉上的防毒面罩，從背包裡取出三個水下呼吸器和三個防風鏡，分給田尋和東子，並對田尋說：「把這東西戴在頭上，將那個圓柱形的東西塞在嘴裡，這東西是用二氧化碳過濾原理來產生氧氣和空氣的混合氣體，可以循環利用呼出的二氧化碳，能呼吸二十分鐘左右，咱們都下去吧。你不會游泳，我和東子帶著你游。」

程哥戴上風鏡和呼吸器，繫了繫腰帶，跨進黃金棺材裡最先下水，東子說：「你在中間，我在你身後推你。」

田尋戴好風鏡和呼吸器，也進了棺材下水，東子隨後進入。

棺材裡的水很涼，田尋剛一進水裡，冰涼的水差點讓他雙腿抽筋，他打著防水的強光手電筒在水下照亮，程哥拉過他的右手帶著他往前游，東子則在他身後抓著他的腰帶。在三把手電筒的光亮下，依稀可見這是一條水下隧道，面前漆黑一片，除了兩側的牆壁之外，什麼都看不見。

三人游了大約十分鐘左右，隧道拐了個彎轉向右側，轉彎處的地面上堆著很多金銀珠寶，那具王后娘娘的屍首也卡在這裡，程哥一腳把屍首踢開，東子又從地上撈了一大捧珠寶，費力地塞進背包，三人轉過彎道又游了幾分鐘，前面碰到了一塊鐵板堵住去路，隧道到了盡頭。

程哥摸摸這塊鐵板，上面有很多碗口大的圓孔，水流通過圓孔流走，但人是肯定沒法過去了。兩人對視一眼，田尋用手指了指上面，意思是在頭頂上找找出口，兩人在頭頂上一摸，才發現頭上有個下水井蓋大小的出口。程哥把頭探出出口外，用手電筒一照，見是個五、六米見方的屋子，他爬上來，又拉上田尋和東子。

這屋四面無門無窗，也沒有通氣孔，但從水裡逸出來的空氣勉強可以讓人呼吸。三人在兩側的牆壁上又發現了幾盞銅燈檯，東子連忙用打火機去點燈盞，程哥說：「先點燃兩盞，這屋裡空氣不多，太多的燈盞會加快氧氣消耗。」東子點著兩盞燈，屋裡亮了起來。

田尋說：「你們看，這有扇漢白玉的石門，上面還有字！」三人用手電筒往門上一照，果然是一扇石門，門上有銅獸頭的門環，上面刻著幾行字：「至此處者必為天國恩人，重現堵王謎詩即可至金龍殿，懇請盡取小天堂之財物，光復太平天國。」字的下面橫著七個茶碗大小的圓孔，從上至下四排，共有二十八個孔，地上還放著一個滿是鐵鏽的大鐵盒。

看了這段文字，三人不由得都笑了，程哥難以抑制心中的興奮，說：「太好了，看來我們馬上就要到金龍殿了！」

東子伸手去拉銅門環，大門紋絲不動，根本拉不開，他說：「那我們現在該怎麼辦？程哥，你快說呀！」

程哥看著東子焦急的模樣，心想你除了動粗之外，簡直什麼都不會，什麼主意也沒有，就等著撿現成的。田尋打開地上那只大鐵盒，發現裡面全是用漢白玉石製成的圓柱，這些圓柱有茶碗粗細，大約有四、五十個，每個圓柱截面上都刻著一個字。

田尋查看著這些石柱，說：「這就是機關的關鍵所在，按我的理解，只要從這些石柱裡找出太平天國堵王黃文金當年傳下的四句謎語，按次序塞進石門的這些圓孔裡，就能開啟這扇石門，進入金龍殿！」

程哥點頭說：「很有可能！這個機關的設置可以說是天衣無縫，因為那四句謎詩是黃文金親自編成的，並且在傳給下一代的時候嚴格保密，只挑選最可靠的一個人輩輩單傳，直到現在，世界上也只有那個文空老和尚才知道謎詩的內容，可見其嚴密程度。也就是說，就算有人偶然知道了慈雲寺後殿報本堂裡的暗道，來到地下祭壇並進入自來石門，但沒有四句謎詩的提醒，也很難通過五位天王大殿來到升天道。就算有人能找到升天道，沒有謎詩的提示，他們也很難通過升天道，更不能找到雙刀下花架的祕密機關所在。」

田尋也說：「沒錯。就算有人運氣極好，能通過升天道和雪下機關來到這扇門，他們不知道四句詩的內容，當然也永遠不可能組成四句詩，也就打不開這扇門了。能順利來到這裡的人，必須是掌握四句謎詩的人，而這個人只能是黃文金的後人。」

東子說：「這些石柱也就四、五十個，如果有人將這些石柱按文字組合的幾率多試幾回，不也有可能蒙開嗎？」

程哥說：「那不可能。這石門的機關肯定是經過特殊設計，如果放錯了次序，不但打不開石門，而且很可能會觸動另外的機關，石門也許會永久封死，這個屋子也許會塌下來，說不定連整個陵墓都會毀掉！」

東子吐了吐舌頭說：「原來是這樣，那看來我們三個的運氣真是太好了！」

田尋說：「黃文金是想以後時機成熟，就由他的後人領頭，進到陵墓裡取出寶藏用來反清復國，可惜轉眼一百多年過去了，現在就算有人能取出這些寶藏，想光復太平天國也是不大可能了。」

東子說：「現在光復太平天國？那當然不可能了！現在是共產黨領導的新中國天下，他太平天國早成了歷史古董了！」

程哥笑著說：「看來你也有點政治頭腦嘛！」說完，他蹲下來，開始從鐵盒中挑選四句詩中有的文字。

不多時，二十八個圓柱就找齊了，他將這些圓柱按照石門上四排圓孔的位置先擺在地上，對田尋說：「那四句詩是：**十字寶殿帝中央，雨雷風雲電為王。正反五行升天道，雪下金龍小天堂**。我沒記錯吧？」

第三十六章　暗門

田尋說：「沒錯，放吧。」程哥拿起寫有「十」字的石柱，開始往第一排左面的頭一個圓孔裡塞。

石頭柱做得很精巧，尺寸也很準確，不鬆不緊剛好可以塞進圓孔，還露在外面兩公分左右。正當程哥放到第一排的第七個石柱時，田尋忽然想起了什麼，他大喊一聲：「錯了，不對！」

程哥嚇了一大跳，他回頭疑惑地看著田尋，說：「哪裡不對？『十字寶殿帝中央』，難道我記錯了嗎？」

田尋說：「不是內容錯了，是次序錯了，古代的書寫習慣是從右到左，不是從左至右！」

程哥若有所思的想了想，忽然大腦一閃，頓時冷汗就下來了，他連忙抽出七個石柱，說：「幸虧你提醒得早，不然後果不堪設想！」

東子也說：「他說的對嗎？古人寫字都是從右往左寫？我怎麼不知道。」

程哥哼了一聲，說：「你要是什麼都知道，也就不用讓田尋也跟著來了！」他

第三十六章　暗門

將寫有「十」字的石柱塞進第一排右面頭一個圓孔裡。

放完了第一排，再依次放第二、三、四排。當程哥把最後一個「堂」字石柱塞進圓孔裡時，只聽「錚」的一聲，二十八個圓柱全都自動縮進一截，變得和石門完全平齊。

東子說：「嘿，真見效了！」三人不約而同向後退開。漢白玉石門依然靜靜地關著，沒什麼動靜。程哥走上前去，伸手抓住銅獸頭門環用力一拉，左面那扇石門應聲而開，程哥有了先前胖子的教訓，連忙側身跳開，東子和田尋更是躲得遠遠的。

半扇門開了一尺多的空隙，裡面黑黑的沒什麼聲音，也沒有暗器出現。田尋順牆壁溜到另一扇門旁，伸手拉著銅門環把門慢慢拉開，自己則躲到門後。程哥用手電筒遠遠朝門裡四下一照，光柱照處，都是明晃晃的金色。程哥心中一顫，難道是洪秀全的財寶？他再往上一照，只見上面十多米處有一塊巨大的匾額，上寫三個鎦金大字：金龍殿。

程哥不由得激動地大叫起來：「金龍殿，我們到金龍殿了！」

東子說：「金龍殿是什麼地方？」

程哥說：「你這個笨蛋，金龍殿就是洪秀全的王宮，我們終於進到陵墓的核心了！」

東子雖然挨了罵，但他一聽這就是洪秀全的王宮，心裡也樂開了花，連忙說：「那咱們快進去吧，還等什麼啊？」田尋從背包裡掏出一枚燃燒彈，拉響引信後，遠遠拋進漢白玉石門。

燃燒彈劃著一道拋物線帶著光亮飛進門裡，借著閃過的光團，三人清楚看到一座巨大的宮殿正門，那個燃燒彈剛好從一根殿柱旁經過，清晰可現金爛爛的殿柱上盤著一條張牙舞爪的金龍。

程哥猶豫著要不要進去，田尋說：「依我的推測，這門裡不會再有機關了，因為修陵墓的人認為能開啟石門的人只能是太平天國的後人，所以我估計這裡面不會再有害人的暗器，我們還是進去吧！」

東子說：「那好，我聽你的，不過還是老規矩，你先進。」田尋鄙視地看了他一眼，舉著強光手電筒邁步走進大門。

裡面黑漆漆的，幾乎就是伸手不見五指。程哥和東子隨後跟著進來，田尋用手電筒一照，在石門裡左右的牆上各有一個巨大的燈檯，燈座是銅製的，被塑成了兩個肌肉強壯、雙手托燈的天神模樣。燈座比人還高，東子掏出一枚燃燒彈點著，看準燈檯的位置往裡一拋，燃燒彈準確地扔進大如飯桌的燈碗裡，聽得裡面吱啦吱啦

第三十六章　暗門

一陣響，好像炒菜爆鍋的聲音，猛聽「呼」的一聲，燈碗裡升騰起一團火焰，足有兩米多高，火舌亂舞，照亮了四周二十幾米的範圍，東子依法炮製，又點燃了另一面的燈座，這兩個巨大的油燈將四下照得明亮無比，金龍殿正門也被燈火照耀得金光四射，晃人二目。

這座殿門足有二、三十米高，整座殿門似乎都是用黃金製成似的，放出炫目的金光，飛簷斗拱，層脊轉梁，兩邊各有七隻神座獸蹲在簷角。正中簷上的匾額鑲著金色雲滾紋邊，寶石藍底上有「金龍殿」三個金色楷書大字，左右兩側粗大的金柱上各盤著一條五爪金龍，這兩條龍身上金鱗燦然，鬚牙畢現，雕刻得惟妙惟肖，彷彿隨時都會從金柱上飛將下來。匾額下是一扇巨大的殿門，門上漆著鮮紅的油彩，上面密密麻麻都是金釘，左右各有一隻純金猛虎頭，虎嘴裡叼著精鋼門環。

殿門兩側還有兩隻鎮門獅子，左公右母，左面獅子腳踩繡球，右面的獅子身下還蹲著一隻幼獅，兩隻獅獸也是通身金色，東子好奇地走到母獅旁邊，摸著獅身說：「程哥，這獅子也是純金的嗎？那可值銀子了！」程哥走過來，掏出匕首輕輕在底座上一劃，並沒有劃痕，他說：「這不是純金的，只是銅上面鍍了層金，但也夠值錢的了。」

三人的眼睛被殿門發出的金光晃得有點睜不開，東子說：「程哥，這殿門都是用黃金做的吧？那咱們還找什麼寶貝啊？把殿門拆了不就得了！」

程哥取出護目風鏡戴上，說：「這才哪兒到哪兒？咱們得進到大殿裡去！」田尋走到殿門前，伸手用力拉動門環，沉重的朱漆殿門軋軋連聲，緩緩開啟，田尋鼻中立時聞到一股異香。

他連忙捂住鼻子，後退幾步掏出防毒面罩戴上，東子和程哥問：「怎麼了？」田尋擺了擺手，指指鼻子又指指裡面，示意裡面有異味，大家小心。程哥和東子也忙掏出防毒面罩戴在臉上。田尋待了一會兒，見身體沒有什麼異常，這才放心下來。三人走進殿門，裡面仍然是黑漆漆什麼也看不見，忽然東子腳下踩到一塊金屬板，「軋」的一聲輕響，金屬板往下一沉，他大叫：「不好，這裡有埋伏！」

話音剛落，只聽「哧」的一聲響，殿裡亮起一道火線，這道火線迅疾無倫地在牆壁遊走，經過之處不時有火焰騰起，火線走出去幾十米又拐了個彎，轉眼之間已經繞殿一周，幾十支火把熊熊燃燒，將大殿照得亮如白晝，原來這是一個自動點燃燈火的機關，由裝著火藥的火線串聯幾十支火把，一瞬間就將火把都點著了，其設計並不十分複雜，但卻很有效。

大殿裡冷颼颼的，但裝飾相當奢華，如同皇宮一般，殿縱深足有五、六十米，地面全由光可鑒人的巨大方型金磚鋪就，殿裡並沒有橫樑，只用十八根分為內外兩

第三十六章　暗門

圈的巨大殿柱支撐，殿柱似乎也是純金鑄成，金光燦然中又發著烏光，上面雕刻著精細的海水雲紋，幾條五爪金龍游走於雲霧之中。前端是三座橫向相連的裝飾著白玉欄杆的金水橋，橋下水流淙淙，正中的橋面鑲嵌著一條純金的丹陛，這丹陛有二十多米長、五米多寬，上面滿是精美絕倫的浮雕，浮雕最下方是環型海水和三角形的飛浪圖案，再向上就是滿滿的祥雲鋪底，祥雲之間共有九條龍，這九條龍姿勢對稱，栩栩如生，這條浮雕丹陛幾乎比北京故宮午門前的那條丹陛還要豪華，金燦燦的丹陛嵌在漢白玉金水欄杆之中，巨大的建築和金、白的顏色搭配，不禁讓人感到一股強大的帝王式的威嚴，立刻心生敬畏之意，腳下也有些發軟。

三人互相看了看，都沒說話，但三人都知道大家想說什麼，對這威嚴精美的建築奇蹟，三人都無法用語言來形容眼前看到的一切。三人從丹陛左側的階梯拾階而上。丹陛金光四射，平滑得都能當鏡子照，踩在上面光滑無比，三人都小心翼翼地走，生怕不小心滑倒了。走到金水橋最頂端，田尋不禁回頭從上往下俯視，精美的丹陛浮雕一覽無遺，令人恍如身處仙境。

走下金水橋，橋兩側各擺著一個計時器，左邊是日晷，右邊是渾天儀，也是由純金製成，手工精巧無比。就來到了前殿，殿兩旁有兩扇超長的黃金屏風，上面刻著一些古代人物和花鳥圖案，正中是一座相對小的丹陛，兩旁各擺著一隻金胎掐絲琺瑯的三耳香爐，從爐中還飄出陣陣異香，剛才田尋開大門的時候，聞到的就是這股味道，田尋摘下防毒面罩說：「沒事了，這香味不是毒藥，而是香爐裡的香料，我說怎麼這麼熟悉？原來這就是龍涎香。」他說話的聲音在空曠的大殿裡來回撞擊，嗡嗡迴響。

東子半信半疑地說：「龍涎香是什麼？」

程哥說：「龍涎香是傳說中龍的唾液，一般都是在海中的鯨魚身體內能偶有尋到，這東西外形像琥珀，開始有一股魚腥味，但放置久了就會愈來愈香，上好的龍涎香味道能保持上百年。」

東子「哦」了一聲，說：「那我應該摳出一塊來帶回家去，這可是好寶貝，我盜了好幾年墓，也沒見到過這玩意。」

田尋說：「這大殿裡的東西我看還是別碰的好，不知為什麼，我心裡頭有一種強烈的預感，感到我們即將會發現意外的東西。」

程哥說：「真的？你也有這感覺？那你和我一樣！我每次在盜大墓的時候，在遇到寶物之前都有這種感覺！看來你還真是塊幹盜墓的好材料，哈哈哈！」田尋也笑了。

香爐旁邊還有一對金製仙鶴，鶴嘴微張，裡面銜著一顆夜明珠，這珠子有鵝蛋大小，發出淡淡的柔和光暈。中央丹陛兩側有八根團雲欄杆，欄杆裡面就是皇帝寶座，寶座足有兩米多高，靠背上雕龍刻鳳，左右扶手也是兩個龍頭，坐椅上鋪著明黃緞子繡紅龍的坐墊，寶座前放著一張龍書案，上頭還擺著皇帝的印璽和筆硯。

三個人在這大殿裡左轉右看，大殿中本來比較黑暗，但在幾十支火把光芒的照耀下，殿裡的黃金呈現出一種烏金的顏色，燈檯中火焰不住跳動，平滑的金磚地面也反射著不斷晃動的影子，整座大殿的物體上似乎都附著無數亂舞的黑色幽靈。

在這種環境裡，三人都有點手足無措的感覺。

東子說：「我怎麼感覺這麼彆扭呢？」

程哥說：「為什麼？」

東子說：「覺著有點像平頭百姓進皇宮被皇帝召見似的，有點心虛。」

田尋笑了，說：「這金龍大殿修得太過雄偉奢華，所以會有這種感覺，我也一樣，我甚至有種想要下跪的衝動。」

東子連忙說：「太對了！我也有這感覺，就是沒好意思說出口！敢情你也一樣？」

程哥說：「這就是人對環境天生的恐懼感，像剛才我們在魔鬼宮殿那時，會感到非常害怕，會感覺自己很渺小，弱而無助；而現在這個環境又會讓我們覺得自己十分低下、卑微，會有手足無措之感。」田尋和東子都點頭表示同意。

田尋說：「這大殿幾乎所有的東西都是黃金做的，晃得眼睛有點難受，這得耗費多少金子？似乎太平軍把江南的黃金都搜刮來了吧？」

程哥說：「這就更加證明一點，那就是洪秀全的財富已經遠遠超出了我們的想像。」

東子忽然說：「我們是不是應該到那皇帝寶座上坐一下？也感受一把當皇帝是什麼感覺。」說完就要上座。

程哥一把拉住他說：「別去，小心有機關！」

東子說：「都到這地方了，還能有什麼機關？你們剛才不是也說了嗎？能進到金龍殿裡的人都是太平天國的自己人，不會有暗器了嗎？再說了程哥，你就不想上那皇帝寶座上坐一下？」程哥一時語塞，還真讓東子說中了，其實他也很想去體驗一下坐龍椅的感覺。東子見程哥也有點猶豫，於是他更不顧別的，衝到丹陛上，繞過金龍書案，一屁股坐在寶座上。

這寶座十分寬大，幾乎像張小床，東子坐在上面，椅子還空著一多半。他左右扭扭身子，看了看傻站在下面的田尋和程哥，突然用手一指兩人，大聲說：「下站何人，見朕為何不跪？」

第三十六章　暗門

程哥看了看東子，說：「別鬧了，癮也過完了，你快下來吧！」

東子一瞪眼，又說：「大膽刁民，竟敢讓朕下來，莫非想圖謀篡位不成？不怕朕將你拉出午門砍了？還不跪下認罪！」

程哥氣得要死，臉上卻賠著笑說：「好，好，你是皇帝，我給你跪下。」他彎下腰，右手向後一伸，從背包裡抄出一只軍用水壺，嘴裡罵了一聲：「我讓你裝皇帝！」猛將水壺向東子擲去，水壺帶著風聲直奔東子面門而來，東子一縮頭，水壺「噹」的一聲砸在黃金龍椅的靠背上，將上面雕的龍鳳花紋砸出一個坑。

東子大叫：「程哥你幹什麼？想謀殺我呀？」

程哥斥道：「別裝模作樣了，快下來吧！」

東子笑嘻嘻地要從寶座上下來。忽然聽得坐椅下邊「嘎」的一聲響，東子嚇了一跳，雙手一撐龍椅扶手想竄下來。卻不想轟隆一聲，龍椅連同整個丹陛池都塌了下來，東子「哎喲」一聲，掉進了塌下的洞裡。

程哥和田尋大驚失色，連忙奔到塌洞邊上，龍椅和丹陛池都不見了，只看見一個長方形的大洞。程哥往下喊道：「東子，東子！」

過了一會兒，從下面傳出東子的聲音：「摔死我了……哎喲……」程哥心裡放心了，這說明下面並沒有什麼要命的機關。田尋從背包裡掏出繩梯，將一頭拴在團雲欄杆上，另一頭垂進洞裡。兩人順著繩梯降下來。

腳一落地，田尋用手一摸，摸到了丹陛池上的欄杆頭，手電筒一照，見東子在坐在龍座上，正用手揉著屁股和後腦勺，程哥用手電筒四下一照，見是一條寬闊的長廊，那黃金龍座和丹陛池就落在長廊盡頭的地上，不歪也不斜，看來是由巨大的槓杆牽動下降。

程哥對東子說：「你沒事兒吧？」

東子咧著嘴，噝噝地吸著氣說：「腦袋撞在靠背上了，差點沒疼死我！」

程哥說：「那就是還有口氣了？既然沒死就快下來吧！」

東子從龍座上爬下來，三人用手電筒照了照四周，這條走廊寬敞平整，兩邊的牆上都是彩繪壁畫。

田尋說：「我聽說當年太平軍無論征服了哪座城市，都會在城市留下大量的壁畫，看來就是這樣的了，我是頭一次看到太平軍的壁畫，今天可開眼了。」

程哥見牆壁上嵌著一些純金燈座，於是掏出燃燒彈，邊走邊用它引著牆上的燈座。這條走廊很長，兩側都是顏色豔麗的圖畫，先期大多是太平軍攻城掠地的內容，圖畫上兩軍對壘，既有炮擊遠戰，也有肉搏近戰，槍挑刀砍，慘烈無比，圖畫都畫得非常寫實，與中國人習慣的傳統寫意手法大不一樣，不僅是人物，就連遠山、城郭、箭垛都和真的一般，三人邊走邊看，東子說：「畫的跟真的一樣！太像了！」

程哥說：「太平軍歷來就有畫壁畫的習慣，源自於他們在每次戰爭之前，都會先在牆上繪製出兩軍對壘的地形圖，之後就演變成了在牆上留下壁畫。」

田尋邊看邊說：「這麼高水準的壁畫，很難想像都是出自農民為主體的太平軍之手！」走了十幾米，壁畫的內容變了，變成大批留著辮子的清朝官員，成批成批地向太平軍將領下跪投降，而太平軍則將這些滿清官員全部就地砍頭，一個不留。

東子說：「太平軍殺的人也不少啊！」

田尋說：「太平軍最恨的就是滿人，他們在戰爭中俘虜到的滿人，無論是官是民，除了僧尼之外，大多數都是就地處死。」

三人邊說邊繼續向前走，圖案內容又有了變化，一個身穿明式皇帝服裝的人高坐龍椅之上，下面跪著許多文武官員，背景則是金碧輝煌的金龍大殿。

第三十七章　金龍殿

程哥說：「這就是洪秀全登基的實況錄影了，還真挺壯觀的，看來不亞於當時朱元璋稱帝時的排場。」再往前走則是五大封王的合影，其中楊秀清站在正中，其他四人分列左右。再後來就是韋昌輝在天京城內被斬首的內容。程哥說：「為什麼只有韋昌輝被殺，而沒有楊秀清被誅的內容？」

田尋說：「楊秀清是在韋昌輝和洪宣嬌設下鴻門宴時被暗殺的，可能是洪秀全認為這件事太不光彩，所以就沒有畫上。」

東子問：「韋昌輝不就是我們先前遇到的那個活屍嗎？怎麼會被砍了腦袋？」

田尋說：「那就是掩人耳目，其實他是被祕密押解到這裡，充當了洪宣嬌施巫術的模特兒。」

正說著，程哥緊走幾步，說：「快來看這！」

田尋和東子來到程哥所指的壁畫前，仔細一看，見牆上畫著洪秀全坐在金龍寶座之上，下面跪著一個身穿傳教士衣服的洋人，這洋人右手拿一本聖經，左手則指向天空，手邊畫著一塊象徵性的雲朵，雲朵裡有一座類似於天堂的建築，意思是說

第三十七章　金龍殿

這洋人正在向洪秀全講述關於天堂的內容，這幅畫旁還有一行小字：愛約瑟向王演說天堂。

田尋一看「天堂」二字，立時精神一振。

程哥說：「我們不就是為了找這個天堂嗎？」再看旁邊的畫，上面畫著無數雄偉高大的宮殿，都掩映在五彩祥雲和奇花異草之間，亭臺樓閣曲折幽靜，珍禽異獸安詳而臥，還有很多俊男美女穿梭嬉戲，一派世外桃源景象。

田尋說：「這就是洪秀全心目中的天堂了！這個愛約瑟在史書也有記載，他是一名英國傳教士，對洪秀全影響很大，尤其是天堂這個概念，洪秀全問他天堂是什麼樣的，其實天堂在聖經裡沒有太細節的描述，而這個愛約瑟卻告訴洪秀全，說天堂是真實存在的，它是由無數金子、銀子還有珍珠、翡翠、瑪瑙等珍稀寶物組成的，洪秀全很可能受了他的影響，於是才下大力氣搜羅各地的金銀財寶。」

東子說：「這小天堂在哪裡？」

程哥激動地說：「很可能就在離我們不遠的地方。」

東子說：「那是在哪兒啊？可急死我了！」

三人再向前走，牆上畫著洪秀全腳踩祥雲飛上天空，站在一個長袍男人面前，這男人蓄著鬍子，腦後有光輝，應該就是上帝，洪秀全身旁還站著一位絕色美女，含情脈脈地看著洪秀全，程哥說：「這漂亮女人就是洪秀全說的那位在天上的『正月宮娘娘』了，你別說，還真是個絕色佳人。」

東子說：「他媽的，好事都讓他給占盡了！還當皇帝，還泡一大群的妞，還上天堂見上帝，他憑什麼呀？」

田尋說：「那只是他的幻想罷了，死後還不是一樣爛成黑灰。至於他是上天堂了，還是下地獄了，那只有鬼知道。」

再向前走幾米，就到了長廊盡頭，盡頭處沒有門，地面上有一塊巨大的五角形石塊，突出地面約一尺來高。

東子說：「怎麼又沒有路了？他媽的！」

田尋仔細看著這塊五角形巨石，五個角處依然刻著五行符號，中央還有一個奇怪的符號。他問道：「程哥，這符號是什麼意思？也是女書嗎？」

程哥一看，說：「是女書，這個字我認得，在女書裡它是『上』的意思！」

東子說：「上？就是說讓我們踏上這塊石頭？誰知道這是什麼厲害機關？萬一中計了怎麼辦？」

田尋想了想，說：「你們有沒有注意到這一點，自從我們來到這個大墓裡，遇到了無數兇險的機關，還有怪異的生物，但我們從什麼時候開始，就再沒碰到過任何可能會有殺傷力的機關？」

東子想了想說：「過了升天道之後！」

程哥說：「不對，金龍殿外的那扇漢白玉石門也算有殺傷力的機關，如果開錯了，肯定玩完，應該是進了金龍殿之後。」

田尋說：「對！也就是說，進了金龍殿的人就可以說是經過了九九八十一難，修成正果的了，也就是修這陵墓的工匠認為是天國後代的人。所以，我相信在這之後，應該沒有什麼危險機關。」

東子說：「你說得輕巧，那你先上去看看？」

田尋說：「好！這回算是我自動打頭陣！」說完，他緊緊腰帶，一縱身跳上五角形石塊，站在當中。

東子和程哥都後退幾步，眼睛一眨不眨地看著田尋。忽然，五角形巨石顫了一下，緊接著又顫動一聲，傳來一陣類似齒輪轉動的聲音，隨即巨石開始緩緩下降。

程哥叫道：「快跳下來，快！」

田尋說：「我們沒有退路了，現在只有往前走，你們快上來！」兩人猶豫不決，拿不定主意。

五角形巨石下降到和地面平行，繼續下沉，已經到了田尋的小腿處，田尋大聲說：「你們不是想找小天堂嗎？那還等什麼？」

程哥一咬牙，縱身跳到巨石上，東子無奈，也跟著跳了上去，三人擠在巨石中央，慢慢往地面下沉。漸漸地，走廊的地面已經降到了三人的腰部，再到胸口、頭頂。

終於，三人降到了走廊地面之下。程哥左手拉著東子，右手拽著田尋，說：「我們三個擠緊點！」程哥說話的聲音發出嗡嗡的迴響，似乎四周很是空曠。三人後背緊緊靠在一塊，腳下的巨石還在慢慢下降，而四周漆黑一片，什麼都看不到，田尋和東子用手電筒照去，似乎照到了一些東西，但離得太遠，看不清是什麼物體，只感到一陣陣的恐懼湧上心頭，好像他們變成了三隻被綁在祭壇上的羔羊，正在等待著屠夫的宰殺。

齒輪轉動聲響了足有五分多鐘，而三人似乎感覺過了五年這麼漫長，忽然腳下猛地一震，「空隆」一聲巨石停住了，隨即再無動靜。三人站在原地也不敢動彈，東子說：「程哥，咱們怎麼辦？總不能在這兒站到餓死吧？」

田尋蹲下身來，一隻手用手電筒照著地面，另一隻手慢慢摸索腳下的巨石，一直摸到邊緣處，發現這塊五邊形的巨石已經和地面平行了。再向遠處照，都是平整的漢白玉地面。

第三十七章　金龍殿

田尋說：「沒事，已經下到地面了，我們走吧！」

東子說：「哦，這我就放心了。」他用手電筒照著腳下的路，慢慢走出巨石。

程哥最後離開巨石，他剛走出來，就感覺巨石似乎向上彈了一下，他心中一凜：難道又中計了？

忽然，前面騰的一聲燃起了一團巨大的火焰，火焰似乎裝在一個巨大的圓形玻璃球體中，經玻璃球體反射出來，耀眼得簡直比太陽還亮，三人下意識抬手擋住眼睛，但還是被晃得流出了眼淚。緊接著玻璃球體後面「吱扭」一聲，一塊碗形精鋼罩轉了半圈，碗心正朝著玻璃球體，亮光打在碗形鋼罩上又被直直向前反射，一道雪亮的強光如同探照燈般射出，正好射在另一塊碗形鋼罩上，這鋼罩角度偏向左側，將接收到的光柱又射向它處，然後又打在第三個碗形鋼罩上，如此反復，足有幾十個鋼罩將火焰的強光來回呈「之」字形傳遞，形成了一道曲折的由光線組成的巨龍。

這個過程說起來長，其實只有不到兩秒鐘，這些曲折的光線照亮了至少方圓半公裡的範圍，三人就像站在陽光下一樣，也看清了四周的一切景物，這些景物讓三人如木雕泥塑般呆在原地，心臟強烈地跳動著，大腦中一片空白，甚至忘了自己的存在。

這是一個有兩座標準足球場大的大廳，廳裡堆滿了無數（或者更準確地說是很多很多）的東西。這些東西都是什麼？有堆得像一座座小山似的金磚、如同穀倉般的銀錠，有些金磚可能是被巨大的重力擠壓，從山頂上滑落到地上，散得到處都是。這景象倒有點像傳說中的美國聯邦儲備銀行裡的金庫，只是這個大廳比金庫要大上十幾倍。

除了這些金銀之外，還有很多奇異珍寶，比如兩米多高的珊瑚樹，高高矮矮、形態各異的佛像，有金的、銀的、和闐玉的和黑曜石的，有千手觀音、如來佛祖、文殊普賢，還有騎象聖母、持刀關公等等，不計其數。另外還有成百上千的瓷器，有青花瓷、釉裡紅、粉彩、天青瓶、白釉鬥彩等，最高的一尊有三米多高，看上去足可以裝下幾個大活人，此外，廳裡還散放著一排排的木箱，箱子都敞著蓋子，好像怕受潮了。裡面裝著大批的鑽石、珍珠和瑪瑙項鏈、翡翠項鏈、手鐲，各種玉佩、玉鐲、玉瓶，還有水晶、祖母綠的戒指，貓兒眼的項墜，有些還散落在箱子外面，堆得滿地都是。

所有的珍寶，比剛才在黃金棺材裡看到的珠寶不知多上幾千倍，金子、銀子和珍珠、水晶等東西反射出來的特有的光芒，和碗形鋼罩裡的強光交織在一起，形成了好似夢幻般的顏色，真讓人誤以為身處天堂，雖然三人誰也沒看到過真正的天堂

第三十七章　金龍殿

是個什麼樣，但現在他們心中都只有一個念頭：這裡就是天堂，這就是整個世界。

這巨大的財富留在大廳中至少已經有一百多年了，現在也是一樣，只不過面對的是三個有生命的活人，這些珍寶是死的，但又是活的，它們似乎在向這三個來者展示著自身的價值，又彷彿在說：「終於有人來了，快把我帶出去吧，這樣才能顯出我們的價值！」

程哥、田尋和東子三人張著嘴，看著身旁這些一生都沒見過、甚至在夢裡也想像不出來的財寶，半天說不出一句話，都已經忘了其他二人的存在，完全沉浸在巨大的喜悅之中，久久不能自拔。

過了足有五分多鐘，田尋才頭一個回過神來。他喃喃地說：「天堂，這就是天堂，小天堂！」

程哥咽了咽喉嚨，說：「我們不是做夢吧？」他想用手狠掐一下自己的胳膊，可渾身無氣，說什麼也抬不起手來。東子則根本沒醒，就是瞪著兩隻大眼睛，看著這些珠寶出神。

田尋想走到離他最近的一座金山（由金磚堆成的小山）跟前，卻發現自己不知什麼時候已經走了過來，而且還不由自主地伸手抽出一塊金磚，這金磚很沉，約有五斤多重，上面印有「太平天國鎮庫金」七個小字，其他的金磚有大有小，形狀不一。田尋抽出這塊金磚，還沒等仔細看看，就聽程哥在身後大喊一聲：「磚掉下來了，快跑！」

田尋抬頭一看，見金山頂部的磚已經開始往下滑，他嚇得連忙跑開，只聽身後「轟隆」一陣亂響。

這座金山有四米多高，當初堆放的時候可能是太匆忙，也沒整齊地碼放一下，又經過一百多年沒人觸動，早已經到了塌陷的臨界點，再被田尋抽磚的動作一干擾，整座金山瞬間坍方，金磚稀里嘩啦地掉下來，最上面的幾塊磚甚至順著平滑的青石板地面滑出去十多米遠。

忽然東子大叫一聲，像瘋了似的撲向金磚堆。把程哥嚇了一跳，只見東子跌跌撞撞地撲倒在金磚堆裡，雙手捧起一塊最大的金磚，兩眼放著紅光，顫抖著張著嘴卻說不出話，似乎要把這塊金磚生吞下去。程哥見東子行為異常，連忙跑過去扶著東子，問道：「東子，你幹什麼？你沒事吧？」

東子慢慢抬頭看了看程哥，忽然眼中凶光大盛，一把將程哥推出老遠，大叫道：「滾開，你們都給我滾開，這金磚是我的，都是我的，誰也別想搶走！」

田尋對程哥說：「他有點神經錯亂了，還有水嗎？讓他清醒清醒！」

程哥掏出軍壺說：「先給他喝點水嗎？」田尋接過水壺，三步併做兩步來到東

第三十七章　金龍殿

子面前，不等他反應過來，擰開蓋子「嘩」地把水潑在他臉上。

東子被冰涼的水一激，如同澆滅了火爐裡的炭火，情緒登時平靜了不少，他瞪著眼睛說：「你幹嘛用水潑我？找死嗎？」

田尋對程哥說：「行了，他緩過來了。」

程哥走到東子跟前，一把奪過手上的金磚扔到一邊，說：「你醒醒吧，這些金磚跑不了，早晚都是我們的！」

東子呆呆地看著地上的金磚，一時說不出話來。

程哥看著這無數的珠寶，心裡好像有一團火在熊熊燒著，有點口乾舌燥，他從田尋手裡拿過水壺喝了幾口水，可是手一直在抖，不少水都灑到身上。東子抹了抹臉上的水，說：「怎麼辦？咱們現在怎麼辦？」

程哥說：「先別急，反正都是我們的，現在我們先靜下來，好好想想再說。」

田尋說：「那邊還有很多東西，過去看看！」

三人繞過幾座金山和銀山，見一排黃金馬車擋住了去路。這些馬車和真正的馬車一般大小，只是所有的部件包括車輪條輻都是由黃金製成，精美無比。程哥說：「咱們把馬車推開！」三人用力將其中一輛馬車向前推動，打開了個缺口。從缺口進去十幾米遠，面前出現了一尊巨大的漢白玉上帝雕像，這雕像高約有十米左右，雕像左右各有一人，從外貌上看，應該是耶穌和聖靈，旁邊還有幾名肋生六對翅膀的天使。

雕像群前面是一張巨大的鑲金龍床，兩邊半掛著金絲和銀線繡成的幔帳，上面綴滿了各種寶石，奢華無比。龍床上放著一口紫色的棺材，兩端都用黃金包著，上面刻著龍鳳花紋。棺材呈半透明狀，好像水晶一般，在跳動的光線下，裡面似乎有流光轉動，很是神祕。

第三十八章　水晶棺

看了眼前的景象，三人由不得都脫口而出：「洪秀全的棺材！」

程哥說：「終於找到洪秀全的棺槨了！當年曾氏的湘軍率部攻破天京城，後來在金龍殿的後殿挖出了洪秀全的遺體，並且還剖棺戳屍，現在終於知道真相了，洪秀全死後根本就沒葬在天京城裡，而是被祕密運回了湖州！那個被清軍發現的屍體不過是個替代品罷了。」

田尋說：「說來也怪，洪秀全死的時候，天京城已經被清軍團團圍困，那麼他的遺體又是怎麼運出南京城的呢？」

程哥說：「不管是用什麼方法，反正古代人民有的是智慧，大批部隊運不出去，運一、兩個人總還是有機可乘的！」

田尋走到棺材旁邊，說：「這棺材好像是用紫水晶做的，就是我們在二十八星宿洞裡看見的那種水晶，真是太漂亮了！」

東子卻對這棺材毫無興趣，他說：「管它用什麼做的，這裡有的是財寶，那棺材裡無非就是洪秀全的屍體罷了，撐死還有一棺材金銀珠寶，咱們沒必要費勁去打開它吧？」

田尋和程哥卻十分好奇，都想將棺材開啟，看看裡面的洪秀全究竟是個什麼樣。

東子說：「得，要開你們去折騰，我可沒那工夫，我得好好欣賞一下我的這些寶貝！」說完，他走到一箱子寶石前，坐在地上一件件地拿出來把玩。

程哥手扶著棺材，棺蓋上平嵌著一個黃金十字架，上面還用希伯來文刻著聖經十誡的內容，程哥用強光手電筒對著棺材照，紫水晶的棺材透光度很高，光柱從棺材中穿過，變了個角度從左邊打了出來，原本白色的光柱也成了紫色的，十分怪異，光柱在棺材裡穿過時，似乎沒看到什麼東西。田尋說：「這紫水晶的材料純度非常高，按理說，紫水晶礦在中國幾乎沒有，剛才我們在星宿洞那兒發現的一大片紫水晶礦脈就是絕無僅有，但那也不過都是小塊的水晶，最大不會超過半米見方，而這口紫水晶棺材沒有任何接縫，是用整塊紫水晶原礦石打磨成的，簡直不敢想像這是真實存在的東西！」

程哥說：「紫水晶一向被作為禁忌淫逸、防止自我陶醉、保持誠實和理性的象徵，所以西方宗教的大主教和神父們的戒指上大都鑲嵌著紫水晶，這口紫水晶棺材擺放在聖父、聖子和聖靈像的前面，真是太合適不過了。」

第三十八章　水晶棺

田尋說：「這棺材有一條縫隙，用伸縮撬槓應該可以撬開。」

程哥激動得直搓手，他掏出伸縮撬槓，又取出防毒面罩戴上，說：「來，我倆一起撬開！」田尋心想，你還怕中毒是怎麼著？隨後也取出撬槓，兩隻撬槓插到棺蓋和棺底的縫隙裡，兩人開始用力撬。

紫水晶的比重是二．六五，而洛氏硬度是七，因此這棺材蓋並不是很沉，在撬槓的作用力下，密封了上百年的棺蓋「嘣」地動了一下，兩人一見有門兒，手上立即加勁兒，同時把撬槓插得更深入。棺蓋漸漸越開越大，田尋喘著粗氣把撬槓用力下壓，對程哥說：「你用力頂開蓋子！」程哥把撬槓前端頂在棺蓋邊沿，向前猛力一鐓，棺蓋從棺材上轟隆滑落。

程哥咣噹扔下撬槓，田尋以為他迫不及待地想去看棺材裡的東西，可沒想到程哥向後一跳，跑出老遠。田尋以為他發現了什麼暗器，也嚇得連忙跑開。沒了蓋的水晶棺材敞著口，靜靜地停在原處，並沒什麼動靜。

田尋疑惑地問：「你發現什麼了？」

程哥臉色不自然地說：「沒……沒什麼，只是習慣而已。」

田尋哦了一聲，心裡非常疑惑。

自從進了這個陵墓，程哥在遇到棺材的時候都會有反常的行為和表現。頭一次是在義王家廟裡，四人打開義王母親棺材那一刻，程哥就第一個跑得老遠，但那時誰也沒在意；第二次是在妃子殿裡，三人用鋼索拉開天王娘娘的黃金棺蓋時，程哥說什麼也不過去看，現在打開了水晶棺蓋，他還是跑得比兔子都快。這是什麼意思？程哥為什麼對棺材裡的東西這麼懼怕？

為以防萬一，田尋也取出防毒面罩戴上，慢慢走到棺材旁，用手電筒朝裡面一照，卻發現棺材裡竟然什麼都沒有！

田尋氣得扯下面罩，對程哥說：「你不用躲了，這棺材是空的！」

程哥半信半疑地走過來一看，果然，棺材裡不但什麼都沒有，而且光光溜溜、一塵不染，簡直比賓館的浴缸都乾淨。程哥撓了撓腦袋，說：「真是怪了，怎麼會是口空棺材？不合常理啊！」

田尋冷冷地說：「那按你的打算，應該是什麼樣？是不是應該從棺材再伸出一隻青色大手，把我抓進去才合常理？」

程哥看著田尋鐵青的臉，知道他對自己的行為十分憤怒，回頭看了看東子，還在那邊挨箱子查看珠寶玉器。程哥嘆了口氣，取出水壺喝了口水，又遞給田尋，田尋怒氣未消，一把推開他的手。程哥慢慢把水壺蓋擰上，坐在地上，慢慢道：「看來洪秀全還是被清軍給毀屍滅跡了，這個棺材不過是聾子的耳朵——擺設。」

第三十八章　水晶棺

田尋走到他面前，說：「程哥，不管你是考古學者，還是盜墓賊，怎麼說你的年紀也是最大，難道你以前盜墓開棺材的時候，都是頭一個開溜嗎？」

程哥低頭擺弄著軍壺的壺蓋，擰開了復又擰上。忽然，從旁邊的珠寶堆中爬出兩隻黑色小甲蟲，田尋一看這甲蟲，立刻認出就是在魔鬼宮殿斷橋上，被自己拍死的那種甲蟲。程哥以為不過是兩隻普通的野生甲蟲，抄起身邊的一塊金磚，啪地將其中一隻拍成扁泥，另一隻似乎害怕了，回頭急速地爬得沒影。

程哥又說：「我不是貪生怕死的人，而是有難言之隱。田尋，你也坐下，我給你講個故事。」

田尋說：「講故事？我現在哪有心情聽你講什麼故事？別開玩笑了你！」

程哥不再勸他，自顧說道：「我是山西人，首先我承認我是個做地下摸金活的，用你的話說就是個盜墓賊。我幹這行也有二十來年了，平日裡我和一些知底的同行保持密切聯繫，只要有墓葬線索，我們就去做活，挖到東西就找人去香港或澳門出貨，攤完錢大家分頭走人，等幾個月風頭過了後再聯繫，研究搞下一票。而平時沒事的時候，我就跟三個最要好的哥們在河南洛陽市的古玩市場裡租了一家古玩店做幌子，順便也收一些古董啥的玩玩，就當練練眼力，打發打發時間。那還是六年前的事，如果沒記錯的話，應該是一九九九年的夏天。」

田尋見他真的開始講故事，而且還是自己的，心想也許真是如他所說，有什麼難言之隱，於是他也坐下，掏出背包裡的水壺和半塊壓縮餅乾，邊吃邊聽。

程哥繼續說道：「那年正趕上國家打擊非法盜墓活動，我有很多在開封、洛陽和西安的同行都被抓進去了，我一看風聲太緊，也就沒敢接什麼活，一整年幾乎都在自己的古玩店裡泡日子，我向來不缺錢花，每次盜一座墓都能分個十幾萬，最不濟也有幾萬塊，所以在店裡除了和我那幾個哥們聊天打牌，就是喝酒下館子，日子過得倒也自在。」

程哥解下背包，掛在一尊金佛像上，靠在背包上當成椅墊，點燃一根香煙吸了口，抬頭看著遠處玻璃球體裡舞動著的火焰出神，時光似乎也順著他的思緒，飛到了六年前的河南洛陽古玩市場……

*****

已是九月份天氣，正由夏天轉往初秋，但中原地區的秋老虎還是很厲害，白天熱得像下火，到了下午六點半時，涼爽的氣溫卻很是美好，要是一年四季都這樣，那是再好不過了。再有二十分鐘市場就要閉大門了，洛陽市古玩市場裡除了在這過

第三十八章　水晶棺

夜的店主，幾乎都快沒人了。

一家門面不大的店鋪門口，程思義正和另外三人坐在店外，一張小矮桌上放著油炸花生米、涼拌海蜇、松花肚片、炒雞蛋和豬頭肉五樣下酒菜，四人都坐在小板凳上，正在喝酒聊天侃大山。

這時，一個農民穿戴的中年男子從街那頭走過來，邊走邊四下亂看，縮頭縮腦的，肩上還挎著個洗得發黃的綠軍包，活像個鄉下人進城。一看見這人，三人頓時來了精神，在古玩市場裡，經常有當地和附近縣鄉的農民在地裡挖出一些古董，然後拿到市場裡來賣，指望能賣上幾個零花錢。一般情況下，這樣的農民手裡的東西且不論值多少錢，可大多都是真品，而且還經常能從這些農民手裡得到不少非常好的珍品，所以在古玩行裡有條規矩，那就是逛古玩店的人，穿的越差、越不起眼，店主就越不能瞧不起，當然，他們尊重的不是這些面朝黃土背朝天、土裡刨食的農民，而是為了不讓他們手裡的古董跑掉。

這農民邊走邊看，一臉疲憊之色，顯然在市場裡逛了很長時間了。

程思義已經喝了三、四瓶啤酒，按他的酒量，已經到了清醒和喝醉的交界線，但他的眼神仍然好使，老遠就看到了這個農民，他向身邊的一個哥們使了個眼色，那哥們當然明白他的意思，於是朝那農民喊道：「喂，兄弟，逛了一天了？累了吧？」

那農民聽得有人叫他，不由得嚇了一小跳。程思義向他一擺手，農民下意識地正了正肩上的挎包，左顧右盼地走過來。

程思義問道：「兄弟，來逛市場想買什麼東西？這營業時間也快要到了，你想買啥東西，我優惠給你，怎麼樣？」

這農民大約三、四十歲，臉上都是皺紋和風吹日曬的紅血絲，看上去倒像快五十的人。他慢慢地說：「俺不是來買東西的。」

一聽口音，應該是洛陽本地人，於是程思義便也用洛陽當地話問道：「不買東西？那你是弄啥徠？下館子不應該上這兒來嘛，哈哈！」另外三人也跟著笑了起來。

農民臉上漲紅，吞吞吐吐地說：「俺是來……是來賣東西的。」

程思義要的就是他這句話，旁邊那哥們連忙擺手說：「是嗎？來來來，兄弟，我看你也挺累的了，先坐下，咱們廝根喝點酒，歇歇再說。」

那農民沒敢坐，程思義站起來摟著他的肩膀說：「你別莫不開，咱這也沒什麼上臺面的大菜，就是哥幾個閒著沒事喝點悶酒，來，坐下坐下。」那農民不好推辭，再者也確實有點口乾舌燥，於是順勢坐在程思義拽過來的一個小板凳上，兩隻

第三十八章　水晶棺

手卻緊緊捂著那個軍挎包，好像怕人搶似的。

一個哥們邊給他倒杯啤酒，邊說：「兄弟，你那包包裡莫非是有啥狗頭金，你怕它生翅膀兒飛跑了不成？總捂著它弄啥徠？」

農民有點不好意思，咧嘴嘿嘿笑了，鬆開了捂軍挎包的手。

程思義把酒杯遞給農民，說：「老鄉，先喝口酒解解渴，這可是剛從冰塊裡拿出來的乾啤，帶勁著哩！」

農民接過酒杯，先吞了口饞涎，然後咕嘟咕嘟地一口氣灌下去，又打了個嗝兒，一股涼勁從嘴裡直爽到胃裡，感覺簡直比摟老婆都好。

他確實是渴壞了，從早上八點多坐縣城的公車來到洛陽，他就在這市場裡轉悠，至少有十幾家古玩店的店主拉他進店，問他是不是要賣東西，可他心裡害怕，怕人家蒙他，把好東西當破爛給收走了，所以從早上逛到日頭西斜，也沒賣出去。

程思義又遞給他一雙筷子，說：「別客氣，隨便吃。老鄉，你叫啥名啊？」

農民說：「俺叫張來順，你就叫俺來順吧。」

程思義說：「行！我說來順兄弟，你今天來這兒是想賣什麼東西啊？」

來順喝了程思義的酒，俗話說，吃人家的嘴軟，再者農民都生性淳樸，於是他打開軍挎包，取出一個比人頭還大的白布包袱來。

幾人一看這大包袱，互相看了看，心說這東西個頭不小，興許是個什麼佛像的佛頭。來順展開白布包袱，裡面又是一塊厚氈布。再打開厚氈布，包袱頓時縮小一圈，變成了圓白菜大小。程思義心想，這可能是個圓瓷壺之類的東西。來順又展開裡面的兩層厚棉布，包袱又成了拳頭大小。程思義暗想，這鄉農可真有意思，明明是個小茶壺類的東西，卻包得這麼大。

來順又展開幾層紅絨布，裡面是一個只有網球般大的小油紙包。程思義有點沮喪了，這老鄉簡直是來變魔術來了，這麼個小包會是什麼好東西？難道還真是狗頭金不成？來順小心翼翼地打開油紙包，拎起一根紅繩，繩頭上拴著一塊潔白無瑕的玉佩。

四個人八隻眼睛都湊了起來，仔細地看著這塊玉佩。只見這玉佩潔白細膩，通透晶瑩，刻的是兩隻互相繞在一起的鳳凰，雕工非常精細，就連鳳凰尾上的線條都細細可辨，玉佩下端略有些沁色，不管怎麼看，顯然都是一件相當值錢的古玉。

程思義看得入了神，他對來順說：「來順兄弟，能不能讓我看看這玉佩？」來順有點不太相信他，後來一咬牙，還是將玉佩放在了程思義手裡。程思義拎著玉佩放在眼前，掏出一個放大鏡，從上往下仔細地看玉佩身上的紋路、刀工和沁色，又擦了擦沁色的部分，再看看手指端，又抬鼻子聞了聞，然後點點頭，眼中滿是讚許之色。

來順局促不安的搓著手，想要回玉佩卻又不好意思張口。程思義又將玉佩遞給身邊的一人，那人也仔細看了看，又讓另兩人都過了目，最後玉佩又還給了來順。

來順接過玉佩心裡落了底，不免對這四個人信任了許多。

程思義說：「來順，這玉佩是怎麼得來的？」

來順支支吾吾地說：「這是俺在家屋後的熟熟地裡頭刨山藥蛋時，一鋤頭挖出來的。」

程思義聞言，又仔細看了看玉佩，冷笑一聲對來順說：「來順兄弟，這可就是你的不對了。俺把你當老鄉，你可不敢糊弄俺啊！」

來順一愣，說：「俺……俺咋糊弄你徠？」

程思義哼了一聲：「這玉佩到底是從哪兒出來的我不敢說，但它肯定不是你從地裡挖出來的，你是在騙俺！」

來順聽了一驚，心說這些人可真厲害，連不是在地裡弄出來的都能看出來？他嘿嘿笑了，不好意思地說：「你們可真厲害，這東西還真不是俺從地裡挖出來的。這是俺同村的一個遠房表弟弄來的。」

旁邊一人問道：「是怎麼弄來的？跟咱們說說，啊？」

來順說：「這個……這個……」

程思義知道他心存顧慮，於是給他夾了一塊豬頭肉，說：「來順，你別擔心，你可能是不懂古玩這東西，在咱這行裡有個規矩叫做『寶貝不問出處』，意思就是說你的東西不管是偷來的、搶來的，還是你騙來的，我們一概不管，只要它在你手裡，那就是你的，我們給你錢，你賣給我，過後誰也不認識誰，懂了嗎？不用害怕，我們問它的來歷也是出於好奇，你願說就說，不願說就拉倒。」

聽了這話，來順心裡寬多了，他吃了幾口菜，又喝乾了程思義給滿上的一杯酒。兩杯啤酒下肚，來順放鬆了許多，話匣子也打開了：「俺是嵩縣車村鎮牛莊村人，總聽外邊的人說洛陽是啥幾朝古都，文物多，隨便找個地件兒挖一鍬下去，都能鏟出個古董啥的，可俺村那塊離洛陽太遠，地方也偏僻，也沒啥好東西挖出來。俺有個遠房的表弟叫張小五，他家窮，也沒幾畝地，平時就靠著上山溝裡挖點東西啥的，賣倆錢兒混包煙抽。」

第三十九章　龍鳳玉佩

程思義他們都樂了，心說這老農還挺會說話，明明就是以盜墓為生的人，到他嘴裡就成了「上山溝挖點東西」，還挺含蓄的。

來順接著說：「有一回，小五他們不知道在哪兒挖到了個啥墓，東西有不少啊，可他們人多，分來分去，到他手裡就有兩個玉佩了。我這個就是其中一個，還有一個是刻成個龍形的，好像是一對。」

程思義一聽，心裡激動起來。他也看出這玉佩應該是一對龍鳳玉佩，諧音「龍鳳配」，乃是古時候大戶人家嫁女或是娶妻時，父母送給新人的紀念品，一般都是用上等的好玉精雕而成，在現在文物市場上普遍都有很高的價值。

來順接著說：「小五他們家窮，他去年都快三十五了才娶上媳婦，還借了俺們家兩千塊錢，一直都沒還上。後來他得了這兩個玉佩，就告訴俺要是行的話，就用這對玉佩頂帳，俺開始說不行，誰知道這東西值幾毛錢？小五說讓我先拿到鎮上去賣，賣得多少錢就先頂多少錢，剩下的錢再慢慢還。俺一想也中，反正他也沒錢還，於是俺就帶著玉佩來了。」

旁邊一個哥們問：「來順，你那表弟就這麼相信你？你賣了多少錢他知道嗎？你回去報個花帳，那他不是賠了嗎？」

來順把頭搖得像撥浪鼓：「哪可不中！那是俺的表弟，他可相信俺了，俺哪能糊弄他徠？」四人一聽，心裡都有點慚愧，他們幹古玩生意的幾乎每天都在騙人，和這個淳樸農民的心地比起來，真是有著天壤之別。

程思義問：「不對呀，那塊龍佩呢？弄丟了？」

來順說：「沒有沒有……哎呀，也算是弄丟了吧，就是俺那表弟弄丟的，其實也不算丟，應該算是他還給人家了。」

這幾句話互相矛盾，聽得四人一頭霧水。程哥問道：「你說的是啥話呀？到底是丟了還是沒丟？還給誰了？」

來順看了看旁邊，街上沒有一個顧客，但其他店鋪還是有一些店主在互相聊天。程思義幾人一商量，把桌子和凳子都搬進了店裡，關上店門，窗戶也上了窗板。

店裡燈光明亮，來順感覺安全了許多，吃了口涼菜，說：「小五在和別人合夥挖那墓的時候，裡面有口朱紅的大棺材，開棺時小五就在旁邊，那棺材蓋子剛一打開，打裡面就冒出一股子霙氣（棺材裡面的腐敗混合氣味），小五一聞到那股味

第三十九章　龍鳳玉佩

兒，就覺著腦門子發脹，天旋地轉地難受，連臉都變綠了。可過了不一會兒就又好了，跟沒事人一樣，他也就沒在意。後來分了東西，他就回家去了。」

程思義說：「哦，這種事幹這行的都遇到過，也沒什麼大不了的。」

來順有點神祕地說：「可自打那次以後，小五就變了！大白天的老看見男男女女一大堆的在眼前晃悠，這還不算，他晚上又添了個癔症的毛病。他老婆俺弟妹經常發現睡到半夜的時候炕上就沒有他了，也不知道他啥時候起來的，也不知道去哪兒了，反正是找不著這個人，他老婆開始以為他起夜撒尿去了，也沒多核計就睡了，白天再醒來，見他又在炕上睡著呢！」

程思義說：「那不是很正常的嗎？誰晚上不起夜上廁所呀？」

來順說：「可後來俺弟妹發現他每次半夜不見人影，一走就是好幾個小時啊，直到早上三、四點鐘天快亮的時候才回來！開始俺弟妹以為他在外頭有了人，半夜會野婆娘去了，可又一看不對，因為他早上回來後就直勾勾地進家門，脫衣服上炕躺下。你再叫醒他，他就說他晚上做了個夢，夢見他晚上出門去溜達，看見大道兩邊燈火通明，可熱鬧了，賣啥東西的都有，人也多得擠都擠不開，就跟鎮上趕大集似的。他從大集的這頭一直逛到那頭，眼睛都看花了，也不覺得累，回來就一頭睡下了。俺弟妹不相信他的話啊，可再一看他的腳底板，好傢伙，滿滿的全是大燎泡啊！那種燎泡俺們種地的鄉下人可知道，要是不連續走上五、六個小時的路，根本不可能那樣，你們說怪不怪？」

聽了來順的話，四人都覺得有趣，程思義說：「你表弟很可能是患了夢遊症吧。」

來順問：「啥叫夢遊症啊？」

旁邊一人說：「你表弟的這種行為就叫做夢遊症，用咱們俗話說就是『撒癔症』，但在精神病學上叫夢遊。」

來順說：「俺不懂啥精神病學不學的，俺農村人就管它叫癔症。」

程哥夾了口海蜇，說：「他每天晚上都犯癔症嗎？」

來順喝了口啤酒，說：「那可不不是，那他不累死了？也就一個禮拜一回吧！這種病咱村裡早年也有不少人都得過，有的是嚇的，還有就是撞了邪，或是聞了啥邪味了。根本就沒有法子治，好在俺表弟這病也沒啥大事兒，也不打攪人，就是他自己腳板辛苦點，俺弟妹也就沒在意。反正每次晚上小五犯病，第二天起來都會說頭天晚上做夢去山裡趕大集。」

「有一回，小五把那對玉佩的龍佩揣在衣兜裡忘拿出來了，可巧那天晚上他又夢遊了。回來後早上醒來，俺弟妹一摸他衣兜發現那龍佩沒了，就問他是不是丟在半路上了，小五說昨晚他又夢見去逛大集了，可跟以前不一樣，他走到大集的尾巴，看到一個穿著古代衣服的小夥，那小夥說他的龍佩丟了，問是不是在小五手裡。」

四人面面相覷，都看著來順，意思是讓他接著說。

來順又喝了口酒，說：「小五說是啊，你咋知道徠？那小夥也不說別的，讓小五把玉佩還給他，還會給他禮物，小五就跟著那小夥去了他家，走了好久的山路來到一個山溝，那山溝小五特別眼熟，可一時又想不起來在哪兒見過。山溝裡有座宅院可闊氣了，就是沒點燈，點的全是蠟燭，光線有點暗。那小夥讓小五吃了點東西，小五就把玉佩還給那小夥了，那小夥把小五送走時，還給了他幾錠銀子，就裝在他衣兜裡，小五就回來了。」

「俺弟妹又一摸他右邊的衣兜，摸出一些東西，可哪是啥銀錠啊？分明是幾顆雞心大的鵝卵石，到了下午，小五是上吐下瀉，折騰了半宿沒睡好覺。俺弟妹氣得大罵了他一頓，說這玉佩是準備給大伯子來順家頂帳的，這下可好，還沒給呢就先丟了一個。她怕小五再把那塊鳳佩給弄丟了，昨天下午就催小五趕緊把這鳳佩給我送來了，這不，我今天就來賣它了。你們說這東西能賣多少錢啊？」

聽了來順的一番話，四人都覺得太邪門了，簡直就像在電台裡聽鬼故事。程思義開始覺得這農民會不會在編故事騙他們？可又一想不太應該，忽然，他眼珠一轉，心裡有了個大膽的主意。

他問來順玉佩想賣多少錢，來順怕說少了，於是乾脆說我不知道。程思義對付這樣的蒙頭賣家最有一套，他伸出兩根手指頭，說：「也就值這個數，多了我也不敢要。」

來順一看，立刻不幹了：「啥？就值二百塊錢？那可不中，俺還指著它頂俺那兩千塊錢的債哩！咋也得賣個一、兩千塊錢吧！」

這一下來順就把自己的底給賣了，程哥原本是想用兩千塊錢撿個大便宜，卻沒想到這老農要求一點也不高，程思義知道越在這種時候越得穩住，他沒說話，旁邊一個哥們故作驚訝地說：「一、兩千塊錢？你可拉倒吧！這樣吧，我最多給你八百塊錢。」

來順心裡樂開了花，他原指望這東西能賣三、五百塊也就行了，卻沒想到人家居然給八百，他也多了心眼，假裝不合心意：「不中不中，八百俺可不賣！天也不早了，俺也得回家了，要不俺老婆要擔心了。」

說完，他站起來把玉佩一層一層地包好，意思是想走。程哥知道交易的關鍵時刻來了，他不動聲色，甚至都沒抬眼看他，說：「我給你一千塊錢。」旁邊那哥們

第三十九章　龍鳳玉佩

說：「要是我出價，也最多給一千塊，賠了賺了都自認，可就怕人家不賣，還認為能賣兩千呢，唉，現在這人哪，也太貪心了，盜墓得來的東西還想賣個天價，要是出去讓公安給知道了，可就啥也得不著囉！弄不好還得蹲監獄。」

這一番話是來順最害怕的也是最不想聽到的，無異於擊中了他的軟肋，他漲紅著臉，憋了半天勁，最後說：「你能出一千塊錢我就給你了，要是不行，那……那俺就走！」說完抬腿就往出走。

程思義哪能讓他走？他猛地一拍桌子，把來順嚇一跳，程思義說：「回來，給你一千塊錢！」

來順高興得都想蹦起來，他連忙折回身說：「那你……那你快給俺錢吧！」程思義也不含糊，啪啪點了十張百元大鈔交給來順，來順一張一張地對著燈光看錢的真假，程思義說：「來順兄弟，我程思義做生意從來不給假錢，這錢要是有一張假的，讓我生孩子沒屁眼，出門讓車撞死！」

程思義這話倒是真的，因為在這節骨眼上，也沒有必要付給人家假錢。來順將錢揣進貼身衣服裡裝好，把玉佩遞給程思義。

程思義接過玉佩看了看，又放回到來順手裡：「錢我給你了，這玉佩我也不要。」

此話一出口，來順和另外三人都愣住了。

來順以為自己聽錯了，說：「你……你剛才說啥？」

程思義說：「一千塊錢我給你了，但這玉佩呢，你也先帶回去。」

旁邊那人說：「老程，你不是喝多了吧？開什麼玩笑？」

程思義笑了，過來摟著張來順的肩膀，說：「來順，咱們現在就是哥們了，為什麼我給了你錢，卻不要玉佩呢？我是想和你一塊做個買賣，如果做成了，咱倆都有錢掙，當然那要你全力配合我了，至於是什麼買賣、怎麼做，現在我先不能告訴你，如果你願意和我做這個買賣，咱們就研究研究，怎麼樣？」

來順有點沒回過神，心裡有點害怕：「俺可是老實人，那犯法的事兒俺可死活不能幹！」

程思義笑了，說：「犯法的事別說你了，我也不幹哪！跟你說實話吧，你這玉佩是一對，那塊龍佩要是也能找著，至少能再賣好幾千塊錢，你知道嗎？」

來順一聽，驚訝地說：「好幾千塊錢？能值這麼多錢啊，可……可那玉佩已經讓俺表弟給弄丟了呀？」

程思義說：「沒關係。咱們研究的就是這個事。我想讓你幫我把那個龍佩再給找回來，到時候，兩塊玉佩我都要了，我會再給一個保證你滿意的好價錢，到時候你手裡有了錢，想再娶個小老婆都行，咋樣？」

來順嘿嘿地笑了，不好意思地說：「討小老婆，那俺可不敢想，俺家裡那個婆娘可厲害著呢！那……那俺得咋幫你找徠？」

程思義說：「這個事現在定不下來，這樣吧，既然你也同意了，那你今天先回家去。半個月之後，你再到這裡找我，但你來的時候得給我帶樣東西來。」

來順連忙說：「行，行！咱家今天收成還行，再來的時候我給你們捎點地裡剛摘下來的熟熟棒棒，用大鍋一烀，那吃起來可香了徠！」

程思義笑著擺擺手，說：「我不要玉米棒子，要你偷偷把你表弟經常穿的衣服胸前的紐扣給我弄兩顆來。」

來順一聽愣了：「啥，俺表弟衣服上的扣子？你要扣子弄啥徠？」

程思義說：「那你就別管了，當然，衣服上少兩顆扣子你表弟也會發現，所以，你最好能弄兩顆和你表弟衣服上的扣子一模一樣的扣子，記住，要兩顆。」

來順心裡納悶，但也不敢多問，於是也答應了。程思義又說：「今天賣玉佩的事，你必須得絕對保密，連你老婆也不能告訴，回去後你就說古玩市場的人說了，這玉佩是有靈性的東西，不能賣，必須得留著，知道嗎？」

來順說：「那……那這一千塊錢俺咋說呀？」

程思義說：「那你就說玉佩賣了一千塊錢，但這玉佩你自己得先偷偷藏好，千萬別讓人發現，更別弄丟了。」

來順答應了。雖然他還不知道人家到底想幹什麼，但既然有錢可拿，那也就沒什麼不可以的了，可心裡還是有點沒底，畢竟人家可是白給了自己一千塊錢，這可是家裡半年的收成啊，他說：「那……那俺要是沒幫上你的忙，那這玉佩俺還給你，咋樣？」

程思義哈哈大笑，說：「行，行，來順，你放心吧，我不會給你添麻煩的，實在不行，你就把玉佩還給我。」來順一口應承下來，雙方約定好，半個月之後來順再到店裡找他。

來順回家後已經是八點多鐘，他告訴老婆那鳳佩足足賣了一千塊錢，他老婆聽完樂得差點沒昏過去，為了犒勞他特意燒了幾個菜給他下酒。來順乘老婆做飯的空檔，把玉佩藏了起來。晚上睡覺時，他老婆又跟他好好地親熱了一回。

第二天來順去找他表弟小五，來順媳婦說什麼也不讓他說實話，來順怕老婆，無奈只得對小五說那玉佩賣了五百塊錢，小五盜過很多墓，知道這東西的大概價值，如果他不是怕自己去賣被熟人認出來會有麻煩，也就不會便宜了這個八竿子打不著的表哥，只得自認倒楣。

第三十九章　龍鳳玉佩

來順前腳剛走，程思義的三個哥們就七嘴八舌地說開了。一人說：「我說老程，你是不是喝多了？勸也勸不住？怎麼把錢往水裡扔呢？」

第四十章　鬼市

程思義哈哈大笑，說：「我說兄弟幾個，大買賣來了！」

三人都問：「憑什麼這麼說？」

程思義說：「就憑來順手中那塊鳳佩！來順的話完全可信，那塊鳳佩是明代中期的產物，是個實打實的真東西，如果我們再設法找到那塊龍佩，身價就會連翻幾番。」

另一人說：「老程，那塊玉佩是真貨我們也知道，可按現在的市價，也就值個萬八千塊錢，就算再有了那塊龍佩，一對玉佩也就能賣個兩、三萬，又怎麼說是大買賣呢？頂多算是揀個小漏罷了。」

程思義說：「老張，我的目的不在那對玉佩，而是張來順說的那個大墓。」

三人一聽，都疑惑地問：「什麼大墓？來順什麼時候說有大墓了？」

程思義說：「按來順的話，他表弟應該是遇到了傳說中的『鬼市』。在中國農村，有很多患有夜遊症的人都曾經述說自己遇到過鬼市。對了老陳，你在長沙不是有個親戚就有這毛病嗎？」

那老陳喝了口啤酒說：「可不是嗎？他是我湖南四叔家的侄子，按輩分也是我表弟，一天他進山挖草藥讓隻狐狸給咬了，差點沒死過去，後來在湖南大醫院給治好了。可打那以後他就落下了這個毛病，晚上經常夢遊，也總說在山上看到過熱鬧的集市。家人看也看不住，他夢遊時還不敢打攪他，怕留下後遺症。還有一回晚上，他硬是把家裡的六頭驢都給放跑了，然後他又在後面拚命地往回追，一直鬧到天濛濛亮才全追回來，完了他又上炕睡覺，跟沒事人似的。第二天你再問他，他啥也不知道。」

大家聽了都大笑起來。程思義說：「這鬼市形成的因素很多，一般都是在山溝裡有墓葬的地方，或是地下埋過很多死人的地方居多。這種地方陰氣極重，體內陽氣不旺的人一碰到這種地方，就容易被陰氣給蒙蔽，看到鬼市，但這些鬼市也有特點，它們很少傷害活人的性命。」

老陳說：「你的意思是說，來順的表弟在盜墓時聞到了棺材裡的雲氣，體內受了邪毒侵蝕，所以變得陽氣衰弱、陰氣旺盛了？」

程思義點點頭。

老陳又說：「鬼市倒不算什麼新鮮事了，但來順的表弟又碰到那個穿古代衣服的年輕人，又該怎麼解釋？」

程思義說：「我感興趣的正是這個。按我的推測，那個穿古代衣服的年輕其實就是古墓裡的古屍，那座山溝裡的宅院也就是他的墓塚。那次來順的表弟不是把那龍佩帶在身上了嗎？那鳳佩身上的沁色，我一眼就看出肯定是從棺材裡出來的，這東西帶著邪氣，吸引了古屍，或者說這玉佩和古屍還有著某種聯繫，於是那古屍就想辦法從小五手裡討回了玉佩。」

另一個人說：「老程，你說的大買賣就是指那山溝裡的古墓了？」

程思義說：「當然！幾百年來陰魂不散的古墓，其規模肯定小不了，我們要做的就是順藤摸瓜，找到那個古墓所在的山溝，把那座古墓給搞了！」

一聽他的想法，另外三人都來精神了。

老陳說：「具體怎麼幹？你快說說！」

程思義點了根煙，說：「你們還記得收我們貨的那個澳門老闆李成基嗎？他曾經和我說過他有一樣從美國帶回來的高科技產品，是一種小得像黃豆粒似的攝像機，可以藏在衣服紐扣裡、鋼筆帽裡，甚至眼鏡腿上，接收器連在監視器上，可以監測到最多五十公里以內的攝像信號，還可以將信號來源以座標的形式在電子定位器上反映出來，而且攝像頭還有夜視功能。」

旁邊一人說：「還有這好東西？」

第四十章　鬼市

程思義吐了個煙圈說：「那還用說，老美的東西那可是最發達的。當然，這種微型攝像機非常貴，大概得幾萬港幣吧！我的意思是，我去聯繫那個李老闆，讓他給我們訂做一種紐扣式的攝像機，再把那紐扣偷偷裝在來順表弟的衣服紐扣上，然後我把鳳佩裝在他衣兜裡，他晚上如果夢遊的時候，那鳳佩發出來的邪氣肯定還會再把那古屍吸引來，來順的表弟再跟著那古屍去古宅裡，這時候，我們已經可以從電子地圖上得到那古墓的準確位置，至於剩下的活，就不用我再多說了吧？」

三人聽了程思義的設想，都連挑大拇指稱妙。

老陳卻問：「老程，用這麼複雜嗎？我們暗中派人在後面跟蹤來順表弟不就得了？還用花這麼大力氣。」

程思義連連搖頭：「絕對不行！患夢遊症的人最怕別人將其叫醒，否則瞬間大腦中樞神經錯亂，很容易造成精神失常。但最主要的一點是，那鬼市只有陰氣重的人才能看到，像我們這樣的正常人身上陽氣太旺，就算你跟在他身後走出去幾百里地，也遇不到鬼市。」

老陳說：「但我們就得把那鳳佩白送出去了，那玉佩可值好幾萬哪！還得花錢買那微型攝像機，這又得幾萬。如果到頭來沒找到古墓，那豈不是賠了夫人又折兵嗎？」

程思義說：「捨不得小財，哪有大財來？幹咱們這行的，就得有這個魄力，要是斤斤計較、錙銖必較，那永遠也發不了大財。」

老張又說：「那也沒必要非得把玉佩讓張來順帶回去吧？我們完全可以在準備好了之後帶著玉佩去找他，那時再給他也不晚哪！你就不怕他一去不復返？」

程思義說：「我相信我的眼力，這個張來順是個真正的鄉村農民，如果我們收下玉佩，那張來順日後難保不會反悔，到時候他不配合我們，我們也不好用強；而我把玉佩和錢都讓他拿走，對這種樸實的農民來說，白拿人家的錢手短，他心裡肯定不會踏實，如果他不跟我們合作，一定擔心我們早晚會找上門去尋他的晦氣，所以說，他肯定會回來找我們的。」

老張說：「程思義啊程思義，你這腦瓜真是幹這行的料，怪不得有人叫你程狐狸，哈哈！」三人當即點頭表態，都願意合夥出錢搞這票大生意。

當晚，程思義就往澳門打了個國際長途，向在澳門的大文物販子李成基訂製整套的微型攝像設備，並在次日從銀行打款到澳門。李老闆辦事真講效率，十天之後，東西就通過國際快運送到了洛陽。幾人把大紙箱抬回店裡，等到晚上關店後打開一看，卻只有一臺SONY牌的十二吋小型彩色監視器。連忙打電話問李老闆，人家告訴他現在大陸海關對港澳運往內地的東西都有X光透視檢查，所以為了掩人耳目，就將微型攝像機、接收器和電子定位器都裝在了彩色監視器的機殼裡。

拆開監視器的外殼，果然發現在內殼頂部有個小塑膠盒，裡面有兩顆紐扣狀金屬小圓片、一個香煙盒大小的儀器，外加一個帶天線的小顯示幕。通過說明書的介紹，那兩顆紐扣狀的金屬片一個就是微型攝像機，負責採集圖像；另一個則是信號發射器，負責將攝像機的電信號發射回接收器，並轉換成圖像信號，另外它還有微型揚聲器的作用，監視者可以通過接收器上的麥克風向微型揚聲器裡說話。

這種設備在國外一般都應用於商業間諜，刺探者將攝像頭黏在紐扣或眼鏡架上，再把微型揚聲器塞在耳朵裡，這樣就可以聽到操縱者在遠處發出的行動命令，可謂十分先進。

程思義將兩個金屬圓片分別黏在老陳衣服的兩顆扣子上，再打開接收器的電源，將接收器的視頻信號線連到監視器，調好接收頻率後，監視器螢幕上果然出現了清晰的圖像。

為了測試遠距離信號的接收效果，程思義又要老陳走得遠一些。老陳叫了輛出租車，從九都東路坐到西工區，效果還可以，程思義打電話讓他再走遠點，老陳就一直坐到了洛陽市西南郊的張莊，這裡離古玩市場大概有四十幾公里，畫面變得有點黑，此時已是晚上九點多鐘，再打開夜視功能，監視器裡收到的圖像從彩色變成了單色紅，但效果卻好了很多，很多物體都清楚可辨。

程思義非常高興。他又將電子定位器連到接收器上，拉出定位器上的天線，定位器上立刻顯示出一行紅色液晶小字：「W25040-S29140」。查詢一下說明書，W代表西方向，S代表南方向，後面的數字代表米數。程思義取出洛陽市地圖，先在古玩市場上用紅筆劃了個小圓圈，這就是接收器的中心。然後以中心為原點，分別向左和下劃出兩條互相垂直的線，再按地圖上的比例尺在橫線上點出二十五公里的位置，在豎線上點出二十九公里的位置，最後分別以兩點為中心，畫出兩條垂直線，這兩條線的交點，剛好就在張莊上，絲毫不差。

三人高興極了，其中一人羨慕地說：「老程，這東西還真高級，怪不得值好幾萬塊！」

程思義得意地說：「老張，這就叫高科技，幹我們這行的不能光圍著古董轉，這些高科技的產物我們也得掌握，那樣才能夠無往而不利呀！」

老張又問：「下一步怎麼行動？」

程思義說：「等來順找我們。然後我們把微型攝像頭裝在紐扣裡，再把玉佩交給他，讓他想辦法將玉佩裝在他表弟的衣兜裡，就成功一半了。」

老張問：「那玉佩在他表弟衣袋裡，人家不會發現嗎？」

程思義說：「這你們不用擔心，藉口我都已經想好了。」

又過了五天，晚上六點鐘，果然不出程思義所料，張來順果真回來了，還帶了兩顆紐扣。程思義將紐扣後蓋撬開，在前蓋上鑽開個小孔，將微型攝像機和發射器分別塞到兩個紐扣裡，再封上後蓋。程思義四人帶著儀器，領著張來順坐計程車來到嵩縣車村鎮，在鎮上找了一家小旅館住下。程思義先把紐扣交給來順，又囑咐了他一些話，就讓來順先回牛莊村去了。

張來順走後，程思義等人搬出監視器，再連上接收儀和定位器，螢幕上漆黑一片，只有拖拉機的突突響聲。

老張說：「怎麼黑糊糊的一片沒有圖像？不會是那攝像機壞了吧？」

程思義說：「你可真夠笨的，那張來順坐拖拉機回村，紐扣就被他揣在衣兜裡，當然是黑糊糊的一片了，再等一會兒就好了。」

老陳說：「可別忘了關掉微型揚聲器的開關，別傳出咱們的說話聲，再把那小五兩口子嚇著了。」

程思義說：「早就關掉了。」

四人要了幾個菜，在旅館房間裡吃起來。

三十分鐘後，從監視器喇叭裡傳出了陣陣狗叫聲，又聽見來順在說話：「弟妹，弟妹快開門哪，是我！」

四人聽有了說話聲，都抬頭看監視器，但螢幕裡仍然是漆黑一片，只聽揚聲器裡傳來吱扭一聲，似乎是門開了，一個女人聲音說：「哎呀，是大伯子，快進屋來。」

來順又說：「五子還沒回來嗎？」

女人說：「沒哪！他早上出門的時候說了，怎麼也得晚上八點來鐘能回來。」

順說：「弟妹，我跟你說個事。」

女人說：「啥事徠？」

來順說：「小五的癔症也得了兩個多月了，你也知道那病挺不好治的。前些天，俺去賣那塊玉佩的時候，碰到一個算命大師，那大師可厲害了，一眼就看出來俺身上沾了點邪氣，俺就說了小五的事，大師就說，那塊玉佩你不能賣，必須得放在你表弟的衣袋裡頭裝著，才能辟邪，慢慢就好了。」

女人欣喜地說：「是真的呀？你不騙俺？那玉佩你沒賣呀？」

來順說：「嗯，俺沒賣，俺是為了表弟的病著想，就當那玉佩頂你家欠俺的兩千塊錢了，錢俺今後也不要了，這玉佩也給你。」

女人不好意思地說：「大伯子，那俺可不好意思徠！」

來順說：「但俺有兩件事你得照著做。」

女人說：「你說？」

來順說：「第一件事，這玉佩必須在小五晚上睡覺後放在他的外衣口袋裡，小五要是又犯癔症了，晚上出去的時候他穿著這衣服，就能治病，一天也不能落下，但只能等晚上小五睡著之後放，也別讓他知道了，否則不靈；第二件事就是這兩個扣子。」

螢幕上頓時出現了圖像，看上去是個普普通通的農家居室，這扣子被來順拿在手上，視角隨著來順的動作晃來晃去，偶爾可見炕上坐著一個身材豐滿的農家婦女，大約有三十幾歲。

來順說：「這扣子是那算命大師給俺的，說能辟邪驅鬼，可靈了！你把這兩個扣子都釘在小五衣服上，把那衣服上的兩顆扣子換下來，但這事不能讓小五知道，得偷偷地弄，知道了嗎？」

女人連說：「行，行！咦，這扣子咋跟俺家小五常穿的外衣扣子一模一樣俫？」

來順說：「那算命大師厲害吧？人家那法力高著哪！」

農村人一向迷信，女人對來順的話更是深信不疑，她接過扣子，說：「中，俺現在就換上！等晚上小五回來後，俺就讓他把身上的衣服脫下來洗了，讓他穿這件衣服！」

來順說：「那中！你現在就換吧。記住了，這衣服要讓小五天天穿，不許穿別的衣服，要是太髒了非洗不可，也要先把那扣子拆下來再洗，洗完了再釘上。這玉佩現在就塞到那衣服袋袋裡，別拿出來。好了，那俺先走了。」

片刻後，視角中是屋子的一角，除了一臺小電視機之外，就是一個木櫃子。女人回來從木櫃裡拿出一件衣服，取出針線開始換扣子，邊換還邊自言自語：「哎呀，這個來順怎麼對小五這麼好徠？不就是一個遠房的表弟嘛，真是想不明白。上回在地裡幹活，他偷偷摸了俺奶子一把，俺本來想告訴小五，得了，看在他免了俺家帳的份上，俺就不告狀了，嘻嘻。」

程思義等四人看到這裡，不由得都笑了起來。老張說：「這張來順看上去老實巴交的，一腳踹不出個屁來，還怕老婆，卻沒想到他還有這個膽子！」

女人釘完扣子，就把衣服搭在炕櫃邊上。

又過了半個多小時，外面回來一個男人，女人說：「小五回來啦？吃了飯沒有？」

小五說：「吃過了，可把俺累壞了！洗了腳俺要早點睡，太睏了。」

女人給他打了洗腳水洗腳，小五洗完腳，把外衣脫下搭在炕櫃邊那件衣服上面，倒頭睡下了。女人見小五睡熟了，悄悄將那件舊衣服取走，新衣服露在外面，關燈也睡覺了。

螢幕上又是一片漆黑。

程思義開啟了夜視功能，畫面上出現了小五家牆上的舊年畫。

老陳說：「老程，咱們就在這等著小五夢遊嗎？那他要是不犯病呢，我們就在這守一宿？」

程思義說：「對。咱們四人輪流值守，一人兩個小時，其他人睡覺，兩小時一換崗。誰先來？」

老張說：「隨便，我先來吧！」

程思義說：「精神著點，一有情況立刻通知我們。」

第四十一章 殺戮

四人輪流值了一夜的班，小五並沒有犯病。第二天一大早，他老婆沒等他醒來，就把玉佩悄悄取出來藏好。

從那天起，程思義四人都在小旅館安了家，白天大家自己活動，晚上就在旅館裡看監視器。小五的老婆倒很聽話，每天晚上就趁小五睡著後把玉佩放在外衣口袋裡，白天起床前再取出來。

可一連四天過去，小五都沒犯夢遊症，倒是有三宿從監視器喇叭裡傳出小五和他老婆在被窩裡折騰的聲音，其他平安無事。

老陳他們三人有點耐不住了，紛紛開始埋怨程思義，說他閒著沒事給自己找罪受，程思義權當聽不見，繼續按程序行動。

第五天晚上，該程思義換班了，已經是快晚上十一點，初秋的晚上還是挺涼的。程思義開了一罐啤酒，就著桌上的燒雞和花生米吃起來。螢幕上仍舊是小五家牆上的年畫。監視器旁邊就是窗戶，透過窗外看對面街上還有一個賣山西拉麵的攤子還沒有收。程思義心想，一轉眼都三、四年沒回山西老家看老娘了，如果這票活

第四十一章　殺戮

能順利拿下，就關了洛陽古玩市場的店鋪，回山西老家住上一段時間，順便也孝敬孝敬老娘。

正想著，忽然監視器傳出了聲音，程思義以為是小五或他老婆起夜上廁所，卻見小五不聲不響地抄起衣服褲子穿好，又穿鞋下地，開門走出屋外。

程思義頓時血往上湧，螢幕裡的單紅色夜視圖像正是小五的視角，只見他直直往大門外走，旁邊拴著的黃狗抬頭見是主人，又自顧睡覺。小五打開大門的鐵鎖，出大門向左一拐，沿著村路走去。程思義知道終於等到小五夢遊了，連忙推醒三人。

三人起來一看，立刻全都精神了，老陳說：「太好了，終於等到他犯病了！」

程思義打開定位器，把天線拉到最長，上面的紅色液晶十秒鐘刷新一次，顯示著最新的座標位置。昏黃的畫面中，小五沿村路靜靜地走著，步伐不快也不慢，走得卻很穩。喇叭裡除了夜風、蟲鳴和偶爾的山魈叫聲外，一片寂靜。小五走了足足一個小時，忽然向右一轉，從村路拐進了山溝。在山溝越走越深，茂密的樹林間高高低低、長草叢生，幾乎沒有路，但小五卻像非常熟悉這條道似的，在雜草中有條不紊地走著。

又走了四十多分鐘，前面出現一條山窪，這山窪除了雜草什麼都沒有，偶爾有野狐狸在草間跑過。

小五走進山窪又一拐，遠處忽然一亮，似有燈光晃動。

老張指著螢幕說：「有燈光，快看，有燈光！」

程思義白了他一眼說：「我不是盲人，我看到了，你安靜點行不行？」老張不吱聲了。

只見小五直直地向燈光那邊走去，燈光越來越近，隱隱還傳來雜亂的說話聲。當小五走出山窪時，前面的景象把四人都驚呆了。

只見前面出現了一條寬闊的大道，地面鋪著平整的青石磚，道兩旁都是店鋪和攤位，從各家的招牌上看，有米店、酒館、燒餅鋪、裁縫店等等，大道兩旁還有兩大排攤位，炸油條的、賣切糕和豆餅的、賣年畫和小孩玩物的、賣胭脂水粉首飾盒的，真是應有盡有，熱氣騰騰、聲音嘈雜，攤主都在大聲吆喝叫賣，都聽不出每家在說什麼。各個店鋪和攤位門前都點著大紅燈籠或是蠟燭，街上行人穿梭來往，高矮胖瘦、男女都有，擠擠挨挨的好不熱鬧。

程思義激動地說：「鬼市，終於看到真正的鬼市了！」

老陳卻有點害怕，他下意識地看了看身邊周圍，好像害怕鬼市在身邊出現似的。

第四十一章　殺戮

老張忽然說：「你們看！這鬼市裡這麼多人，怎麼都只顧著走路，沒一個人買東西呢？」四人仔細一看，果然，大道上這些逛集市的人都是筆直往前行走，互相誰也不說話，也沒有一個人買東西，或是向店主詢問。這個熱熱鬧鬧的集市裡，店主和攤主只管忙活和吆喝，行人只管走路，雙方似乎誰也看不見誰，十分怪異。

程思義也覺得身上有些涼意，他說：「可能這山窪裡以前埋了不少死人，到晚上都出來逛集了。」大家一聽，都覺得不寒而慄。

小五在擁擠的行人中費力地走著，這條大集相當長，小五走了有一個小時才來到大集的盡頭。

盡頭處是一個山溝，小五從道右轉到道左，剛要往回走，忽聽得身後有人叫他：「張小五……張小五……」聲音似遠似近，若有若無。

小五回身一看，在山溝旁站著一個穿明代服飾的男人，小五走到他身邊，監視器中清晰地顯示出那男人的長相。

這男人大約三十歲，高束髮冠，長袍長袖，五官倒不難看，只是面色慘白，而且毫無表情，看上去有些瘮得慌。

這人對小五說：「你又來了，鳳佩帶來了嗎？」

小五說：「鳳佩？哎呀，那鳳佩俺賣給俺表哥了呀！」

這人說：「你已經帶來了，為什麼說沒有。」

小五說：「俺真賣給俺表哥了，是頂帳給他的。」

這人說：「鳳佩就在你身上，看來你是不太情願，好吧，你跟我來，讓我內人給你些錢。」小五跟在他身後，向山溝深處走去。

小五深一腳淺一腳地走了一陣，前面雜草忽然不見了，山窪裡出現了一座宅院，宅院裡燭火閃動，死氣沉沉。小五跟著那人進了宅院，這宅院相當闊氣，一連四進，高牆大院，擺設講究，只是偌大一個宅院卻不見半個人影。那人只顧往宅院深處走，小五就在後面緊跟著。

程思義緊盯著監視器，說：「這就是陰宅，也就是那座大墓，這男人就是墓主，過一會兒，很可能女墓主也會出現。」四人把頭湊近螢幕，眼睛也不敢多眨地看著螢幕。

小五跟著那人來到廂房的內間屋，那人說：「你先稍坐，我去內室叫內人出來見你，你把鳳佩交給她。」那人說完，轉身進了裡間。

小五聽話地坐在紅木雕花椅上，一動也不動地等著。螢幕上是小五對面的圖像，紅木博古架上放著很多精美的瓷器。

老陳指著螢幕說：「你們看那個細頸粉彩瓶，典型的明中期風格，絕對能賣個

第四十一章　殺戮

好價錢！」老張也說：「這些東西可能都是古墓裡的陪葬品，太好了，咱們要是真找到這地方，保證能大發一筆！」

正說著，從裡間出來兩人，前面的是那男人，後面還跟著一個穿長裙挽髮髻的女子。這女子來到小五跟前，一伸手說：「將鳳佩給我。」

小五是坐在椅子上，攝像機只能看到那女子的胸口，卻看不到臉。

小五說：「俺不知道鳳佩在哪兒，俺沒有。」

女子也不生氣，仍舊是語調平靜地說：「鳳佩給我。」

小五又回答：「俺真的沒有，你別要了。」

程思義四人看著螢幕聽著聲音，都急得直罵：「你這個笨蛋，就不會摸摸自己的口袋嗎？」

那男人說：「我給你錢，把鳳佩給我。」

小五也有點著急了，他站起來說：「俺說過了，俺真沒有鳳佩！」

他這一站起來，攝像機鏡頭正好對準了那女子的臉部，程思義四人一看她的臉，都嚇得起了一層雞皮疙瘩。

只見這女子臉上乾枯得沒有一點肉，眼眶深陷，牙齒外露，似乎只有一層皮包在骨頭外面，可怖之極。可小五似乎絲毫也不害怕，還在跟二人解釋自己沒有鳳佩。

那女子不再問他，伸手就去掏他的口袋。

小五連忙躲閃，說：「你要幹什麼？俺都說了，俺沒有……」

程思義臉上見汗，緊攥雙拳說：「快給她，快給她！」

那男人撲上前來，雙手伸出，猛地卡住了小五的脖子，小五想喊卻沒喊出來，喉嚨裡只能發出嗞嗞的聲音，似乎非常痛苦。那女子閃電般把手伸到小五口袋裡，將鳳佩取出來塞進衣袖，那男人見女子得到了鳳佩，也就鬆開了手。

小五沒看到那女子已經取出了鳳佩，被掐得連連咳嗽，這下他來了強脾氣，撲上去猛地揮拳打那男人。那男人也不躲避，伸手握住他的手腕，小五身體頓時動彈不得。

程思義四人都看得一身冷汗，老陳手裡握著發射器，急著直跺腳：「你別動手了，趕快離開這裡！」

程思義也直罵：「你個笨蛋，還磨蹭什麼？還不快跑！」

忽然，從監視器喇叭裡竟然也傳出來老陳和程思義的說話聲：「你別動手了，趕快離開這裡！」

「你個笨蛋，還磨蹭什麼？還不快跑！」

第四十一章　殺戮

程思義一驚，老陳這才發現自己手裡握著發射器，慌忙中居然按下了麥克風的開關，小五衣服上的第二顆扣子登時變成了小型揚聲器，聲音從揚聲器裡清晰地傳出來。程思義一把奪過發射器，飛快地關閉揚聲器，瞪著老陳說：「你幹什麼呢？」

因為突如其來的聲音，監視器畫面裡的幾條人影顯然都嚇了一跳。呆怔了幾秒鐘後，那一男一女瘋狂地撲向小五，那男人怪叫著攥緊小五的手腕用力一扭，「喀喇」一聲竟硬把小五的手腕扭斷了，緊接著雙手又猛地卡住了小五的脖子，小五劇痛之下想叫又叫不出來，拚盡全身力量奮力掙扎著。這時，那女子如鬼魅般撲上來，雙手抱著小五的頭，呼呼怪叫著張開嘴巴……監視器螢幕上被大片的紅色塗上，繼而是一陣撕心裂肺的慘叫，畫面一片紅黑，再也看不到任何東西，但喇叭裡仍舊傳來肉體撕扯之聲和噬咬聲，在寂靜的深夜裡，顯得非常恐怖。

程思義手忙腳亂地關掉了一切電源，又顫抖著把所有的連線都扯下來，四人坐在床上，臉上全是冷汗，渾身不自主地哆嗦。

大家定了定神，在程思義的指揮下，將東西裝好，連夜退了房間，坐計程車回到洛陽市區。第二天一大早，程思義找到古玩市場管理辦，說他老家母親病重，辦好了退租手續。四人坐火車離開河南，分頭避風去了。程思義想得很周全，如果這事向最壞的方向發展，四人早就腳底抹油一溜了，誰也找不到他們；如果事情最後不了了之，也沒有人會懷疑他們離開的動機。

牛莊村卻亂了套。自打那晚小五沒回來，一連幾天沒有消息，他老婆急得沒了主意，先去村委會報了案，回頭又去找來順。來順一聽小五失蹤了，也嚇得夠嗆。村委會知道小五有癔症，於是派出十幾名民兵在山上來回地找，還帶上了小五家的大黃狗幫忙。那大黃狗還真管用，帶著民兵一直跑進村東的深山溝裡。這山溝十分荒涼，平時就連野獸也很少，更別提人了。後來民兵在一個山坳裡發現了殘缺不全的小五的屍體，只剩下一堆帶血肉的骨頭，上面爬滿蒼蠅和蛆蟲。

牛莊村裡出了重大命案，從鄉裡報到鎮裡，再到縣裡，驚動了縣公安局。由於案件離奇，副局長親自下令要嚴查此案。員警將來順帶到局裡問話，來順活了半輩子，別說進公安局，連去村委會見村長腿肚子都轉筋，當時就尿了褲子。

他將張小五盜墓時聞到霙氣後經常夢遊的事說了，還稍帶著把程思義和他的交易一股腦兒也都倒了出來。員警馬上又驅車趕到古玩市場，管理辦說這家店的四個承租人已在一星期前退租走了，員警知道這四個人有重大嫌疑，開始調查四人的身份，可程思義他們四個長年以盜墓為生，在外面活動時從來都是用假名、假身份證，也不向任何人透露自己的老家、籍貫和家人等情況。員警查了一個多月，也沒查出這四個人的真實身份，於是又由洛陽市發出B級通緝令通緝四人。

時間一天天過去，這件案子如同泥牛入海，沒有任何進展。牛莊村的人這下可有了談資，成天議論這件事，四、五年的時間裡，大約派生出二十多個不同的版本，有的說張小五長年盜墓，不慎沖了墓鬼，被鬼給生吃了；還有說張小五撞了邪，讓邪神給抓去當打雜的了；也有人說張小五盜墓時遇到了女鬼，那女鬼看上張小五身強力壯，於是把他從陽間帶到陰間去配陰婚了；還有更狠的，有人說張來順和小五的老婆勾搭成奸，於是趁小五夢遊到山溝裡時，把他給害了。這種說法連員警也有懷疑，可再一調查，那天晚上張來順家裡來客人，喝了一宿的酒，自然也排除了這種可能。但張小五的老婆可經不住這麼折騰，半年之後就遠遠離開牛莊村，改嫁他人了。

一轉眼四、五年過去，時間一長，連員警也漸漸淡忘了此案。

程思義他們四個這幾年分別在湖北、福建、四川和廣東等地貓了起來。自從出了這件事，程思義就經常做噩夢，不是夢到那對夫妻僵屍管他要玉佩，就是夢到一身血污的小五向他討命，這幾年過得很是辛苦。好在他銀行有不少積蓄，倒也吃喝不愁，只是平時不敢到大城市去，其實警方除了有程思義他們的長相畫像之外，其他情況幾乎一無所知，只是程思義做賊心虛，不敢露面。

幾年過去，程思義想方設法打聽到了牛莊村張小五的案子早就被村民和警方淡忘了，在那種經濟欠發達的小村子，類似這樣半神半鬼的案子時有發生，有的連警察也無法解釋，時間一長也就算了。程思義心裡有了底，他捺不住寂寞，又開始聯繫盜墓的同行，研究發財的勾當。

後來他通過別人認識了王全喜，又結識了王援朝、大老李和平小東幾人，接下了湖州毗山這件大活。

第四十二章　鐵皮怪人

程思義講完了自己的故事，似乎卸下了一個大包袱，心情輕鬆了許多。

田尋看著他，說：「原來你還有一段這樣的遭遇，毫不客氣地說，你為了得到更多的錢，間接把那張小五送上了死路，是你害死了他。」

程思義說：「我不否認。這些年我也很內疚，覺得對不起張小五，但我也沒辦法，為了錢我才去盜墓，但是每次見到棺材，我的眼前就出現橫死的小五和那一對鬼夫妻猙獰的面孔，這對我來說，實在是一種可怕的折磨。再說了，我也知道盜墓本身就是損陰德的事，可是我山西老家還有七十多歲的老娘，我都七、八年沒回家了，也不知道她老人家身體怎麼樣……」

說完，程思義低下頭，雙手抱在腦袋上不說話了。田尋看了看旁邊的東子，只見他一樣一樣把比較值錢的翡翠、鑽石、紅藍寶石和貓兒眼、祖母綠等東西都裝在背包裡，根本沒聽程思義講的什麼內容，現在他的所有興趣全在這裡珠寶身上，就算天馬上就要塌下來，恐怕他也裝看不見。

田尋說：「怪不得你一遇到開棺材就往後退，你有了這個毛病，以後還怎麼盜墓？為什麼還不轉行幹其他的活？憑你的頭腦和文物知識，在哪兒不是一樣吃飯？」

程思義苦笑了：「幹什麼也沒有盜墓來錢快不是？人這東西我是看透了，就是貪心不足的動物，我知道這碗飯不是人吃的，但為了能活得更好，也就顧不了那麼多了。」

田尋不覺嘆了口氣，說：「你說的太對了。記得有位朋友和我說過，他說世界上最兇猛的動物也遠不如人貪婪。不管是獅子、老虎，還是鯊魚、蟒蛇，只要牠們吃得飽飽的，就算你把最美味的食物放在牠們鼻子底下，牠們也不會抬眼皮看一下。而人就不同了。沒錢的時候想賺一百、一千，有了一千還想要一萬、十萬，有了十萬又想要百萬、千萬，總之人的貪欲幾乎沒有盡頭，那些腐敗的貪官不也是這樣嗎？他們總是暗下決心：我貪了這筆就再也不貪了。結果到了下次還是想貪，到最後終於手銬加身，進了監獄。」

程思義將煙頭遠遠彈飛，雙手拍了幾下，說：「太精彩了，真應該為你鼓掌。可惜我沒有你這麼高的覺悟。就拿現在這廳裡的無數金銀珠寶來說吧，你有什麼想法？」

田尋反問：「我想聽聽你的想法？」

程思義說：「不瞞你說，王全喜給了我們四人每人十萬塊，如果能成功盜得此墓，並帶回有價值的陪葬品，每人再加二十萬或更多。可現在這些珠寶隨便裝滿一背包，都能賣成百上千萬，那些帶不走的佛像和瓷器更是無價之寶。」

這時，又有十幾隻甲蟲從各處爬出來，在兩人身邊轉來轉去，程哥說：「哪兒來這麼多厭的甲蟲？」抄起金磚又要去拍，那甲蟲十分靈活，立刻跑得遠遠的。田尋心裡有了種不祥的預感，因為只有他知道這種甲蟲的尖螯會扎人，有殺傷力，但這十幾隻蟲子顯然不能對人構成什麼威脅。

他對程哥說：「現在你應該算是成功了，如果能出去的話，你還準備把這些珠寶交上去嗎？」

程思義哈哈大笑：「你看我像不像白癡？如果不像就對了。有了這些珠寶，我完全可以帶著我老娘到美國、到英國、到瑞士，甚至我可以在太平洋買下一座小島，過上神仙般的後半生，我為什麼還要交出去？換成是你你願意嗎？」

田尋說：「我不像你說覺悟那麼高，我也喜歡錢，但我更知道取財要有道。這裡的珠寶都是洪秀全從各地官員、富戶、財主家裡搜刮出來的，歸根結底還是老百姓的錢，你想把它們都帶出去拿到國外去花，能花得心安嗎？」

程思義仰天大笑，似乎聽到了世界上最可笑的笑話。他接著說道：「田尋哪田尋，你可真有意思。我為什麼不心安？如果我有你這想法，也就不會盜二十多年的墓了！當初我讓你入夥，就是看中了你的學識，我也承認當時咱們居心不良，也就是想利用你。可經過了這麼多磨難，最後活下來的就我們三個，這就是命，以前的事也就該一筆勾銷了。這裡的財寶我們都有份，也包括你，我們只要能出去，今後就可以過上最好的生活，這些東西就算我們不拿，早晚也會有人拿走，你說對不對？」

田尋猶豫了一下，覺得他說的話也有道理。程哥說：「現在我們先把最值錢的東西每人裝一個背包，再研究怎麼出去！」

說完，程哥站起身來，將背包裡的東西倒在地上，來到右側一大排箱子旁，開始往背包裡裝財寶。他背的是一隻纖纖囊，這東西非常有彈性，也很能裝東西。

程哥撿了一些鑽石戒指、翡翠佛像和紅寶石戒指放進背包，正在這時，東子側頭看見程哥也在裝珠寶，他頓時目露凶光，惡狠狠地說：「你要幹什麼？為什麼搶我的珠寶？」

程哥一愣，說：「你說什麼呢，東子？這不是咱們大夥的東西嗎？」

東子臉上肌肉抽搐，放下手裡鼓鼓囊囊的背包，猛衝到程哥面前一腳踢向程哥面門。程哥大驚失色，但他心裡有了警覺，右手在木箱上一撐，身體退後躲開了這一腳。

程哥大聲道：「東子，你這是幹什麼？你瘋了？」

東子低沉著聲音說：「這裡的東西都是我的，你們誰也別想動！誰動我要誰的命！」

程哥一聽，暗叫不好。東子多半是見到這麼多堆積如山的財寶，超過了他的心理承受力，受了刺激。

程哥說：「東子，這屋裡有這麼多金銀珠寶，咱們就是用火車拉也拉不完，只能帶走一小部分，你這麼激動幹什麼？」

東子說：「少廢話！這些都是我的，我看你們誰敢動？」

田尋見狀，連忙朝程哥擺擺手，示意他先別和東子衝撞。

程哥會意，對東子賠笑說：「行，行，你別誤會，這些東西都是你的，我們不和你搶！」

東子掏出手槍瞄準程哥，說：「你們倆給我滾遠點，到水晶棺材那邊去！」

程哥氣得夠嗆，他說：「你把槍放下！誰讓你用槍對著我的？你別忘了，你手裡的槍是我弄來的！」

東子嘿嘿狂笑，說：「槍在我手裡就是我的！姓程的，你再廢話我就打死你，不信你試試看！」

程哥想掏出插在腿帶上的槍，可又一想，東子是防暴員警出身，受過專業訓練，論掏槍的速度自己肯定是自討苦吃。於是他對田尋說：「我們離他遠點，走。」

剛要轉身，東子又說：「站住，把你的手槍和匕首都留下！」

程哥無奈，只得把腿帶上的手槍和軍用匕首都扔在了地下，兩人朝上帝雕像那邊走去。東子看著兩人的背影，臉上露出得意的神色。

兩人來到上帝雕像處，這裡沒有任何珠寶，只有三聖和天使的雕像，地上還放著剛才被撬開的水晶棺材蓋。東子在那邊一面裝珠寶，一面還不斷地監視兩人的動作。

田尋假裝撫摸著打磨光滑的紫水晶棺蓋，低聲說：「就算我們不和他搶珠寶，恐怕他也不會放過我們。」程哥看了看他，又看了一眼東子，再用右手悄悄做了個切刀的動作。田尋明白他的意思，程哥是想找個機會把東子幹掉。

忽然，田尋發現在紫水晶棺材的底座邊緣上有一個像鉛筆般粗細的圓柱體，突出大約有一公分的距離，這個圓柱體也是紫水晶製成，不仔細看根本發現不了。田尋用手一按，圓柱體和棺材邊緣平行，手一鬆，又彈了起來。田尋疑惑地看著程哥，程哥看過之後說：「會不會是固定棺蓋的鉚頭？」田尋又檢查了一下棺蓋，邊緣處卻沒有任何圓柱形的凹槽。

田尋說：「很明顯這是一個機關，只要棺材蓋一打開，機關就被觸動。」

程哥看了看大廳四周，說：「咱們撬開這棺材已經有半個多小時了，要是有機關，現在是不是早該啟動了？」

田尋卻說：「我預感不太好，還是小心一些。」話剛說完，只聽身後傳來一陣低沉的轟鳴聲，兩人一回頭，發現聲音似乎從上帝雕像的後面傳出來的，但這幾座雕像還沒什麼動靜。

田尋說：「快離開這裡！」

兩人向廳中跑去，東子一見他倆過來，馬上警覺地舉起手槍說：「你們怎麼又回來了？給我滾回去！」忽然，東子臉色大變，連連後退。

田尋和程哥見東子異常，兩人回頭一看，頓時嚇得撒腿狂跑。只見那座足有八、九米高的漢白玉上帝像正在緩慢地往前倒下。三人跑出老遠站下，遠遠看見上帝像轟然倒地，砸得粉碎，巨大的聲響震得整個大廳都在顫動。

上帝像倒下後揚起大股的煙塵。後面牆上露出一扇敞開的大門，從門裡傳出陣陣古怪的聲音，吱吱軋軋，像大鐘裡面的金屬齒輪在互相轉動嚙合。田尋和程哥互相看了一眼，心中都怦怦直跳，不知道又碰到了什麼東西。

伴隨著吱吱軋軋的聲音，煙塵中走出一個形狀古怪的鐵皮人，這鐵皮人足有六、七米高，渾身黑亮像座黑鐵塔，它的腦袋呈圓柱形，上面敞口，裡頭是空的，身體是個更大的圓柱形，左右各有兩隻活動的鐵手臂，手臂前端是一隻圓形的刺球。

手臂和身體相連處有一圈縫隙，裡面都是大大小小的金屬齒輪。這傢伙整體看上去還真有點像人，唯一不同的地方是下面長了四條腿，每條腿中間都用金屬關節連接。身上釘著一排排的精鋼鉚釘。

鐵皮人走出來之後，又聽得軋軋連聲，一扇鐵柵欄緩緩降下，堵住了它身後的大門。那鐵皮人搖搖晃晃、一步三擺地朝三人走來。這傢伙走路的姿勢很古怪，先是身體前傾，再邁出一條金屬腿，然後再前傾，邁對角的另一條腿。四條腿輪流邁動，帶動身體的前進，看上去雖然笨拙，卻很穩當。東子雖然昏了頭，卻也知道害怕，他抬手朝鐵皮人噹噹就是兩槍，子彈在鐵皮人身上打出兩個凹洞，火星四濺，可那鐵皮人毫髮無損，繼續向前走。

三人不住地走退，田尋心想，這鐵皮人無人操控，自己怎麼會行走？真是天下之大，無奇不有。正想著，那鐵皮人卻開口說了話：「你們幾個膽大的蟊賊，竟敢闖入金龍寶殿小天堂，冒犯天王，真是十惡不赦！今日爾等都要葬身此地！」

說話的聲音蒼老發悶，似乎是從鐵皮人的肚子裡發出來的。聽了鐵皮人的話，三人都覺得非常耳熟，程哥疑惑地說：「這……這怎麼像那老和尚文空的聲音？」

剛說完，鐵皮人哈哈大笑，說：「沒錯，老衲便是文空！」說完，從鐵皮人的圓柱形腦袋上探出一個蒼老的禿頭，卻正是文空和尚。

田尋和程哥不由得都倒吸一口涼氣。這老和尚怎麼從這兒冒出來了？程哥大聲道：「文空！你在這裝神弄鬼的，想幹什麼？」

文空嘿嘿一笑，說：「想幹什麼？老衲也正想問你們呢！你們放著好好的日子不過，偷偷摸摸到我慈雲寺做什麼來了？」

程哥哼了一聲：「我們來做什麼，你自己應該很清楚，就是來找寶來了！」

文空面帶慍色地說：「找寶？這裡的財寶都是當年天王聖庫所有，為了看守這些寶物，從我的曾祖父天國堵王黃文金開始，就派護寶人在這裡守寶，到我這已經是第五代了，為了更好地看護財寶，每一代護寶人都剃髮出家，以住持的身份住在慈雲寺中，這些財寶是日後天王為了反清復國之用，你們竟敢打聖庫的主意，真是大膽！」

程哥斜睨看著他，說：「反清復國？老和尚，你以為你還生活在前清呢吧！現在都是新中國，二十一世紀了，你還談什麼反清復國的調調，像你這樣半截入土的老古董，早該被歷史淘汰，挖坑活埋！」

這一番話氣得文空直哆嗦，他咬牙切齒地說：「這是天王的陵寢，神聖不可侵犯，豈是你等鼠輩說來便來的？就不怕天王降怒，讓你們大難臨頭嗎？」

程哥仰天一笑，說：「什麼神聖不可侵犯，你這個老東西蒙誰呢？再神聖，我們不也一路暢通到這來了嗎？」

文空說：「要不是這個年輕人發現了我身上的謎詩，就算你們有十條命，也早就死在升天道裡了！就算你們會飛，能過得了升天道，也無法開啟金龍殿的石門。老衲的確沒有想到，居然有人能活著通過五王大殿，來到金龍殿小天堂，看來你們還是很有些手段和頭腦。不過可惜的是，你們再厲害，最後也得死在我機關人的手下！這裡的金銀珠寶，你一粒也帶不走！到了明年今日，老衲會給你們誦上一段往生咒語，讓你們早些超生，不過，老衲勸你們下輩子千萬別做盜墓賊，否則還會死無葬身之地！」

話剛說完，東子大罵道：「老東西，我崩了你再說！」抬頭就是一槍。東子槍法極準，開槍的動作又快，文空根本來不及縮頭，子彈就向他腦袋打去。可只聽「噹」的一聲，子彈似乎撞到了一堵無形的鐵幕，竟然被彈開了。

第四十二章　鐵皮怪人

三人大驚，田尋說：「你們看，那圓柱鐵皮上好像有一圈透明玻璃！」

文空哈哈大笑：「你們不是說我是老古董嗎？這個機關人就是我用現代的技術，按照古代圖紙製成的，頭部我還嵌了一圈特製的防彈鋼化玻璃，別說是手槍，就連炸彈也炸不穿！我勸你們還是自己動手，了斷此生罷！免得讓我動手，死狀更慘！」

田尋一聽，心想這老和尚還挺會古今結合，把現代的高科技結合到古代的機關術裡去了，還真難對付。只見文空操縱機關人，一步步地向三人走來。

田尋說：「這機關人雖然刀槍不入，但它走路慢，累死它也追不上咱們，我們快跑！」

文空冷笑著說：「我走路慢？可能你們還不知道我這機關人的厲害，那就讓你們領教領教！」說完，鐵皮人將右臂緩緩抬起對準田尋，嗆啷一聲，前端那顆帶尖刺的大鐵球呼嘯而出，直向田尋衝來。田尋早就懷疑這鐵皮人身上肯定有機關，見那大刺球飛出來，他就地往左側一滾，大鐵球砰地砸在地上，竟把青石方磚砸出一個大坑。那大鐵球後面還連著一條鐵鏈，聽鐵皮人身體裡齒輪咬合之聲響起，肋下露出的齒輪飛速轉動，鐵鏈緩緩收縮，將鐵刺球又拉回臂端。

這回三人可知道厲害了，連忙四散躲避。東子藏在一座金山背後，鐵皮人的大鐵球就將金山轟塌，金磚四散亂飛。程哥貓在一個高大的粉彩瓷瓶後頭，大鐵球也毫不猶豫地把瓷瓶拍得粉碎。田尋慌亂之處躲在一尊一人多高的銅鎏金佛像背後，以為這下應該比較保險，可大鐵球噹的一聲打在金佛像上，佛像應聲而倒，田尋雙手力撐，可那銅像分量極重，正好把田尋壓在底下。

田尋差點沒被壓死，他頓時覺得胸口發悶喘不上氣，連忙大叫：「快來救我，我被壓住了！」東子回頭看了他一眼，自顧逃開，鐵皮人慢慢轉向田尋，右臂的刺球又對準壓在佛像底下的田尋頭部，準備開始攻擊。

田尋身體無法動彈，眼看著鐵皮人離自己越來越近，那刺球就瞄著自己的腦袋，這要是飛將出來，自己根本沒法躲避，腦袋不被砸進地裡就怪了。他絕望地大叫：「程哥救我！」程哥見田尋危急，他猶豫了一下，想起在陵墓裡田尋一路上幫大夥幾次脫離險境，連忙跑過來，伸手在地上抄起一塊小金磚，朝機關人的頭上扔去。

那機關人腦袋一圈都有鐵皮和防彈玻璃保護，本來是打不動的，可那一圈鐵皮上面是開口的，金磚在空中劃了一道弧線，恰好落在那圈鐵皮裡，正砸在文空腦袋上。

第四十三章　搏殺

文空正準備將田尋的腦袋打成肉醬，沒想到挨了一磚，這下打得不輕，文空頓時頭暈目眩，鮮血長流。他氣得大叫，操縱機關人轉身奔向程哥，程哥連忙藏在一棵珊瑚樹後面，和機關人左右周旋，同時口中大罵文空，以吸引他的注意力。

田尋死裡逃生，他抽出雙手，費力地將壓在胸口的銅像一點點挪開，就地一滾逃了出來。見機關人正在向程哥攻擊，兩條鐵臂的大刺球左右開弓，打得程哥險象環生，好幾次差點被打中。田尋跑到文空背後，撿起金磚連環砸向機關人，這機關人造得十分堅固，金磚砸在身上動也不動，田尋跳著腳大罵文空的十八代祖宗，可文空十分狡猾，他根本不理會兩人的夾擊之計，全力攻擊程哥。

田尋從地上撿起伸縮撬槓，趁文空不注意，咣咣猛砸機關人的大腿，也不知文空按了什麼機栝，那條腿朝後一彎，正踢在田尋前胸，田尋剛被銅像壓過，胸口煩噁，這又挨了一下，他頓時感到喉頭一甜，哇地吐了口血，栽倒地上。

文空回頭見田尋吐血倒地，以為這一下把他給踢死了，哈哈大笑。程哥抄起一塊金磚掄向文空，罵道：「笑你奶奶個熊！一會兒就讓你哭不出來！」

文空獰笑著說：「你還嘴硬？我這就送你上西天吧！」說完雙臂齊抬，兩個鐵球先後呼嘯飛出，程哥連忙逃開，可機關人右臂的鐵球還是擊中了他大腿後側，尖刺深深扎進肉裡，程哥長聲慘叫，回手抓住鐵球上的尖刺，想扳開鐵球。可這鐵球足有幾十斤重，程哥又受了重傷，一隻手根本扳不動。

文空叫道：「不知死活的人們哪，讓我現在就超度你升天罷！」說完，他扳住機栝，左臂的鐵球緩緩回縮，想再來個致命一擊。

正在這時，鐵球忽然卡住不動了。文空心中疑惑，他連扳機括，齒輪憋得格格作響，可左臂的鐵鏈還是收不回去。文空有點急了，他從機關人上站起身來，探出腦袋朝下一看，頓時氣得七竅生煙。原來不知什麼時候，田尋在底下將伸縮撬槓插進了鐵皮人左臂下的縫隙裡，鋼製撬槓夾在齒輪之間，阻止了齒輪傳動，鐵鏈當然也收不回來了。

文空罵道：「臭小子，你還沒死哪？」

田尋抹了抹嘴邊的血說：「放心吧，我怎麼也得死在你後面！」

文空坐回座位，又扳動右臂的刺球回縮，那刺球還扎在程哥腿上，這一回縮，把程哥在地上拖出一條血痕。

這時，田尋看到鐵皮人左臂上那根長長的鐵鏈還軟軟垂在地上，旁邊正好有一尊高大的千手觀音銅像，銅像兩側伸出幾十隻手臂，用以顯示觀世音菩薩法力無邊。田尋靈機一動，連忙跑過去抓起地上的鐵鏈，在銅像的手臂上急速纏了幾圈，一直纏到鐵鏈離開地面，快要成了條直線。然後他退後幾步，猛地衝上去用肩膀撞向銅像。銅像十分沉重，這一撞之下只晃了幾晃，並沒有倒。田尋趁雕像立足未穩，又是用力一撞，那銅像晃了一下，慢慢向後仰倒，瞬間將纏在身上的鐵鏈繃得筆直。

那文空正在全力瞄準程哥，準備先把他打死再說，忽然鐵皮人身體猛地向左側歪倒，他大驚，心想這鐵皮人沉重無比，怎麼會忽然歪倒？轉頭一看，左臂那條鐵鏈竟被人纏在一尊巨大的銅像上，而銅像緩緩仰倒，巨大的力量頓時把鐵皮人拽向一側，文空大叫一聲，鐵皮人轟然倒地。

這鐵皮人厲害無比，可只要一倒在地上，就什麼也不是了。文空雙手胡亂地扳動旁邊的各種機栝，可根本無濟於事。這時東子不知道從哪兒殺回來了，他見鐵皮人倒地，抬手朝文空就是一槍，文空正想從鐵皮人肚子裡鑽出來，胸口挨了一槍，猛然倒地，口吐鮮血，眼見是不得活了。

那邊程哥大喊：「別打死他，問他出口在哪兒！」

田尋連忙跑過去，將文空拉出來，只見文空已是奄奄一息。田尋說：「出口在哪裡？怎麼出去？快說！」

文空費力地抬起腦袋，有氣無力地說：「出口自然是有，可你……你們是沒機會出去了。雖然我沒能親手宰了你們，但也沒……沒什麼關係，再過一會兒，神魚也會……會送你們上西天的……神魚護寶……永保天堂！神魚護寶……永……」

文空眼睛漸漸閉上，把頭一歪咽氣了。

程哥一瘸一拐地走過來，見文空已死，氣得大罵：「東子，你怎麼總是幫倒忙？為什麼打死他？」

東子說：「打死他怎麼了？難道還要留著他要我們的命嗎？」

程哥見東子似乎回復了些神志，便試探地說：「東子，打死就打死吧，現在我們怎麼辦？」

東子慢慢走到程哥面前說：「怎麼辦？你還想和我搶財寶嗎？」

程哥腿上受了傷，自然更不是東子的對手，他連忙賠笑說：「不不不，這裡的珠寶全都是你的，我們一件也不想要。怎麼樣？」

東子慢慢抬手，把手槍頂在程哥腦門上，獰笑著說：「程哥啊程哥，別怪我平小東不夠意思，可你總惦記著和我爭財寶，你說我怎麼能放過你呢？」

程哥臉上冷汗涔涔而下，他看著東子扭曲的臉和通紅的眼睛，知道他已徹底精神錯亂，顫抖著說：「東子，你別……別激動，我說了我什麼也不要，財寶都是你的，行嗎？」

東子陰著臉說：「你還是想和我爭財寶？那我也就沒辦法了……」

忽然，東子聽見腦後有風聲，他剛要回頭，「邦」的一聲，腦袋上挨了重重一擊，原來是田尋手持一尊小銅像，給了東子腦袋一下。東子慘叫一聲，頭上被開了大口子，鮮血直流。他也不回頭，右腿倒踢出去，正中田尋肚子，將田尋踢倒在地。程哥見機會來了，猛一縮頭，雙手掐住東子拿槍的手腕，東子下意識開了兩槍，子彈都打在遠處的石牆上。

程哥右腿有傷行動不便，東子一拳打在他臉上，頓時鮮血滿面。程哥強忍著疼痛，右腿奮力踹他肚子，東子叫道：「就憑你也敢和我動手？」他小腹肌肉一繃，程哥就覺得像踹在了橡膠上面。東子左掌如刀，猛擊程哥右耳，程哥被打得眼冒金星，雙手也鬆開了。東子抬槍剛要打死程哥，田尋在身後手持伸縮撬槓猛擊東子的後腰。

田尋雖然不會功夫，但他愛好廣泛，涉獵很廣，從書上和各種媒體上知道人身體的幾大弱點，腰就是其中之一，田尋一撬槓正掄在東子腰間，東子頓時覺得渾身酸軟，腳下無根，右手一鬆槍也掉了。田尋再猛掄撬槓，東子下意識抬左臂去擋，撬槓又砸在手臂上，這下差點將他胳膊打斷，東子氣得哇哇大叫，他如果不是神經有些錯亂，就是十個田尋也難勝他，東子轉身又撲向田尋。

田尋見得了手，又掄撬槓打他的頭部，東子畢竟有功夫在身，他一抬右手硬生生抓住撬槓，左腳朝田尋手腕一踢，田尋立刻就鬆開了拿撬槓的手。東子左拳擊出，砰地打斷了田尋鼻樑骨，田尋眼前一黑栽倒，東子猛撲上前，左膝蓋頂在田尋胸口，雙手死掐田尋的脖子，十根手指像鋼鉗一樣用力收縮。

田尋連忙用力扳他雙手，可東子身強力壯，又練過外家硬功，這雙臂就像生了根似的，田尋就覺得喉管軟骨就要被捏碎，大腦裡一陣陣喪失意志，只有一個念頭來回地閃：我就要死在這裡了……他雙手漸漸鬆開，在身旁地上來回亂抓，忽然，他的左手似乎摸到了一樣東西。

凡是垂死的人，都會下意識用手裡的任何東西攻擊對方，不管那東西是否能退敵。田尋也是一樣，他不假思索將摸到的東西扔在東子臉上。這東西按理說怎麼也扔不死東子，可這東西不是別的，正是一隻帶有尖螯的黑色甲蟲。東子覺得有樣東西落在自己臉上，但他也沒理會，一心就想把田尋掐死，可這甲蟲不這麼想，牠爬到東子眼眶邊，揚起尖螯猛地扎進東子的右眼。

東子右眼頓時就被扎瞎，他慘叫一聲鬆開田尋，右手胡亂地抓起甲蟲扔掉，可右眼說什麼也睜不開，還不斷流出膿水，他捂著右眼亂叫亂跳，就像發瘋了一般。

田尋躺在地上已經昏迷，而這時的程哥卻勉強站了起來，他撿起地上東子掉落的手槍，砰地打中東子胸口，東子像被人猛擊了一槌，身子栽倒在地，低聲呻吟。

程哥蹣跚著來到東子身前，只見他躺在地上，右眼裡膿血直流，胸口中彈處也是血流如注，肯定是活不了了。程哥踢了東子一腳，罵道：「沒用的東西，早知道你是這種貨色，我就不應該帶你來！」

東子受了重傷，嘴裡連咳鮮血，渾身還不住地顫抖，可神志卻恢復了。他看著程哥，卻嘿嘿地笑了，說：「你們兩個王八蛋，算我平小東倒楣，栽在……栽在你們手裡，那也沒什麼，二十年後，我還是一條好漢！哈哈哈！」

程哥罵道：「就你這樣的也配稱好漢？可別給好漢倆字抹黑了！」

卻見東子喃喃地說：「二十年後還是一條好漢，二十年後，還是……」東子的腦袋漸漸貼在地上，身體也不再顫抖，接著捂胸口的手臂也垂下來，死了。

程哥又朝他屍體上吐了口唾沫，說：「活該！你就沒那個享福的命！」

他又來到田尋身邊，用力按壓他的胸口，田尋慢慢醒轉，咳嗽著說：「我還沒死嗎？」

程哥笑著說：「好兄弟，你真有九條命，王八死了你也死不了！哈哈哈！」程哥扶田尋站起，田尋來到東子身旁，看見他慘死的模樣，心中忽然感到十分難受，眼淚掉下。

程哥疑惑地說：「我說兄弟，你哭什麼？他死了是好事啊？」

田尋流著淚說：「我們究竟是為了什麼？非要拚個你死我活不可？都為了這一屋子的珠寶，就得把自己的命給搭上嗎？」

程哥心下黯然，他摟著田尋肩膀，說：「好兄弟，想開點就好了。我算是看透了，你這人就是福大命大，現在就剩我們倆，咱倆九死一生，到現在已經沒什麼人能阻止我們了。出去之後，我們倆就帶著家人去瑞士定居，舒舒服服地過下半輩子，怎麼樣？」田尋沒回答。

程哥俯身從東子脖子上解下一條項鏈，遞給田尋說：「這項鏈是王全喜交給我們四人的，項墜的金殼能打開，裡面有王全喜的微型印章。這種東西是我們盜墓行業的專用之物，一般是雇主交給我們的信物，事成之後，我們可以憑這信物向雇主索要酬金。而且這金殼背後有藥師佛的咒語，也算是護身符吧！你把它戴上。」

見了這東西，田尋卻有說不出的厭惡，他拒絕說：「我才不戴死人身上的東西！護身符有什麼用？他還不是一樣死於非命？」程哥見他嫌棄，於是摘下自己脖子上的項鏈遞給田尋，將東子身上的那條項鏈給自己戴上。田尋見他這麼做，也不

第四十三章　搏殺

好說什麼了，於是便將項鏈戴上。

程哥大腿上傷口鮮血直流，田尋則鼻骨折斷，也是滿臉鮮血。兩人互相攙扶著來到廳中，地上散落著從背包裡倒出來的各種裝備。田尋翻出雲南白藥和紗布，兩人分別替對方包紮傷口。程哥大腿被鐵皮人的尖刺球扎傷，但幸好沒扎到動脈，也算是萬幸，否則就是抹上一噸雲南白藥也白費。田尋臉上抹著藥，還橫著纏了圈紗布，遠遠看上去像個木乃伊，程哥臉上也都是血跡，大腿也纏著紗布，走路還一瘸一拐，兩人的慘相就別提了。

暫時止住了血，田尋說：「現在咱們怎麼辦？」

程哥看著上帝雕像那邊的大門，說：「文空既然能從慈雲寺來到小天堂這裡，說明肯定有一條路通向外界，我們得想辦法打開那扇鐵柵欄門，就可以出去了！」

田尋說：「那咱們先過去看看。」

兩人來到那扇有鐵柵欄堵著的大門旁，這鐵柵欄都是用手腕粗的精鋼棍組成，下端都是尖刺，兩根鋼棍之間的距離還不到十五公分寬，別說人，連隻貓想鑽進去也是相當困難。田尋兩手分別握住兩根鋼棍用力往外一掰，簡直就像蜻蜓撼鐵樹，絲毫不動。

程哥笑了：「兄弟，你以為自己是終結者，能掰動它嗎？」借著廳裡的光亮，兩人看見柵欄門裡是一條高大寬闊的甬道，甬道相當長，深處黑咕隆咚，不知通向何處，甬道旁邊還有一個分叉洞口，約有一人多高。柵欄門裡的牆壁上掛著一口大銅鍋，鍋底下有一根鐵棍，不知道是什麼機關。

田尋用強光手電筒照著那口大銅鍋，說：「這東西是很可能就是開門的機關，可它離柵欄門太遠了，夠也夠不著啊！」

程哥說：「這就可疑了。如果文空老和尚在進門之前扳動機關打開了柵欄門，那麼他又該怎麼出去？總不是想和我們同歸於盡吧？」

田尋說：「所以說這大廳裡一定也有開啟柵欄門的機關，可惜那老和尚已經死了。」

程哥說：「就算他沒死，按他的脾氣也不可能告訴我們機關在哪兒。咱們還是自己動手、豐衣足食吧！」

田尋打著手電筒，在附近來回尋找開啟柵欄門的機關。程哥則跑到裝珠寶的木箱旁邊，開始往兩個纖纖囊裡劃拉珠寶。

田尋說：「你在幹什麼？」

程哥笑著說：「你負責找開門的機關，我負責裝東西，咱倆分工明確、兩不耽誤，等打開柵欄門之後，我倆就可以滿載而歸了！」田尋苦笑著搖了搖頭，繼續搜

第四十三章　搏殺

尋線索。

忽然，從遠處傳來一陣陣低沉的聲音，好似離著很遠，但似乎越來越近。田尋驚道：「你聽到什麼聲了嗎？」

程哥停下手裡的動作，側耳朵聽了聽，說：「好像有聲音，但離得很遠，聽不太清。」

田尋跑到柵欄門前，耳朵對著門裡仔細聽了半天，說：「聲音是從甬道深處傳來的！」

程哥也來到柵欄門處聽了一會兒，說：「好像是打雷，又像坍方的聲音，哎呀，不會是那老和尚幹的好事，把路給弄塌堵死了吧？」

這時，甬道裡聲音越來越大，聽得也清晰了些，轟隆隆的好像地震。忽然，程哥說：「怎麼聽著像發洪水的聲音？」

田尋緊鎖眉頭思索了一下，說道：「那文空臨死時曾說，神魚會送我們上西天，這句話是什麼意思？」

一提「神魚」二字，程哥立刻想起了自己被文空裝進大水缸裡，險些被沉到地下祭壇的水溝裡餵水怪的情景，心裡不由得一陣後怕，他看著田尋，說：「我早就懷疑在蕭朝貴水牢裡遇到的那個水怪，就是文空所說的什麼『神魚』，難道又是這怪物出現了？」

田尋說：「要這樣那可難辦了，在水牢裡那時候咱們有五個人，還是開了水閘才把那傢伙趕跑，現在就我們兩個，那不是要命了嗎？」

聲音越來越大，也越來越響，巨大的聲波將鐵柵欄門也震得隱隱顫動，空氣又聞到一股潮濕的氣味。兩人驚恐地互相看了一眼，程哥說：「不好，肯定是發大水了，怎麼辦？快躲起來！」

田尋焦急地說：「往哪兒躲？這廳裡沒門沒窗的，總不能爬到金山上去吧？」這時，水浪的聲音已經清晰可聞，潮氣也越來越重，很明顯有一股強烈的洪水正向這邊湧過來。

程哥看到旁邊的耶穌和聖靈雕像，說：「快爬到那上去！」

田尋說：「不行！這兩個雕像不好爬，那邊帶翅膀的天使好爬，我們可以順著翅膀上去！」

程哥先將鼓鼓的兩大包珠寶拖過來，掛在天使雕像的最下面一對翅膀上，田尋撿起地上東子的軍用匕首和手槍插在腿帶上，再找出兩副防風鏡和兩個呼吸過濾器，兩人分別將防風鏡和呼吸器掛在脖子上，開始往雕像上爬。

第四十四章　神魚

田尋先爬了上去，再將程哥拉上來。這時，洪水似乎已經迫在眉睫，巨大的聲浪從甬道裡傳出，好像幾千台汽車在同時發動引擎，整個大廳都在戰慄著。兩人心中無比恐懼，不知道接下來的事情該怎樣應對。

聲音越來越響，似乎要把耳膜震裂，兩人覺得頭腦發暈，連忙把防風鏡戴到眼睛上，再緊緊捂住耳朵。忽然，有些水珠從柵欄門裡濺到地上，緊接著大股洪水噴湧而出，如同大壩洩洪一般，上千股巨浪翻滾著，爭先恐後地從甬道裡奔騰而入。洪水順著大廳地面急速奔湧，強大的衝擊力將一座座金山、銀山和高大的雕像、珊瑚樹等全都沖倒，沉重的金磚竟被巨浪沖得飛起來。

兩人藏身的雕像就在柵欄門旁邊，噴出的巨浪首先流進大廳深處，甬道這裡暫時還沒有淹水，但飛濺的浪花也把兩人身上打得精濕，田尋雙手緊緊抱著雕像的腦袋，透過防風鏡，看見大廳地面的水已經開始漲起，而且水位不斷升高。洪水從甬道裡狂噴而出，不多時，水位就已經沒到了離地面兩米多高。這時，田尋發現柵欄門裡的那口大銅鍋正在慢慢地下降，壓在銅鍋下的那根鐵棍上。

這時，鐵柵欄門忽然緩緩上升，田尋和程哥對視一看，都明白了這鐵鍋就是鐵柵欄門的開關，當水位高於銅鍋時，銅鍋裡裝滿了水重量增加，於是就下沉壓在鐵棍上，柵欄門被打開。

兩人互相點點頭，當甬道裡的水勢減少了時，兩人慢慢從雕像上爬下來，把呼吸器塞進嘴裡，準備游進甬道。這時從甬道深處傳來一陣低沉的悶聲，程哥大驚，這正是在蕭朝貴水牢裡遇到的那個水怪的叫聲。田尋也暗叫一聲不好，向程哥連打手勢，示意必須趕快進入甬道，從岔路口逃走。

從雕像上爬下來，田尋笨手笨腳地往甬道裡游，他不會游泳，好在眼睛和嘴都有保護，於是就學著狗刨的姿勢向前撲騰。水下能見度不高，但依稀還可以看出水裡東西的影子。等游進甬道裡，卻發現程哥沒跟上來，程哥的游泳水準比田尋高出不知多少，怎麼會落在後面？田尋以為是他身上有傷、游泳有礙，再游回大廳一看，卻看見程哥費力地拖著兩個裝滿珠寶的纖纖囊。

這兩個纖纖囊加一起足有七、八十斤，程哥身上還有傷，他水性再好也游不快，田尋連忙游到他身邊，連打手勢讓他扔下纖纖囊，可程哥一個勁搖頭，顯然是不肯捨下財寶。

田尋無奈，只得接過一個纖纖囊，兩人吃力地向甬道處邊拖邊游。還沒等游到

第四十四章　神魚

鐵柵欄門處，忽聽前方不遠處傳來一聲悶叫，田尋腦袋頓時脹大了，知道那水怪已經到了近前，現在就是扔下纖纖囊，想游到岔路裡也來不及了，兩人趕忙扔下纖纖囊向回游。

好容易又游回來，兩人爬上雕像，這時一條水線從甬道裡直衝出來，一條大魚在水面來了個高高的魚躍，露出整個身軀。

這是兩人第一次看到水怪的真面目，只見這條大魚身長至少有四米多，渾身漆黑，形狀有點像泥鰍，嘴巴很大，嘴邊還有兩根長長的鬚子，身體光光滑滑，兩隻短小的鰭分長在身體前端兩側。

程哥驚道：「這不是革鬍子魚嗎？怎麼這麼大？」

田尋說：「革鬍子魚是什麼魚？」

程哥說：「革鬍子魚是俗稱，牠的學名叫塘角魚，這種魚在南方很常見，牠在水下會發出怪叫，而味道極鮮美。牠長得很像泥鰍，生存能力極強，甚至能在鹼水和糞池中生活。可這種魚最大也不過兩尺長，怎麼能如此巨大？」

田尋說：「這怪魚讓老和尚天天餵活人吃，能不長得大嗎？我看牠都成魚精了！」

程哥說：「這就是那老東西所說的『神魚』了！」

兩人說著，那巨型塘角魚在大廳中劃了個大圈又游了回來。此時水位已經達到天使雕像的脖子處，而且還在繼續上漲。田尋摘下呼吸器，氣憤地說：「要不你非要拖著那兩袋珠寶，咱們早就跑出去了！」

程哥說：「你別怨我了！我們在這大墓裡九死一生，再不帶點東西出去那不白忙活了嗎？」

田尋說：「現在就好了，早晚還得把命搭上！」

正說著，那塘角魚轉個急彎，又朝兩人藏身的雕像游來，田尋掏出手槍，等牠游得近了些，就扣動扳槍向水中射擊，激起一連串水花，塘角魚稍有停頓，又衝上來。

程哥說：「槍恐怕不太管用啊！」

田尋說：「那怎麼辦？你出個主意！」

這時，水位又在上漲，忽聽遠處「啪」的一聲巨響，大廳裡頓時漆黑一片，什麼也看不見。

原來遠處那個巨大的玻璃球體裡面燃著火焰，玻璃球體被火焰烤得極熱，當水位漫到球體時，玻璃球體內熱外冷，瞬間就炸碎了，火焰也被洪水湮滅，傳導亮光的幾十個碗形鋼罩也就失去了作用。

第四十四章　神魚

田尋按亮強光手電筒，程哥低聲說：「快把手電筒關了，廳裡沒有光源，塘角魚的嗅覺和聽覺靈敏，但視力很差，很可能找不到我們！」果然，聽得那塘角魚在廳中來回轉悠，水浪聲忽遠忽近，好像沒什麼目標。可廳裡的水越漲越高，逼得程哥和田尋往雕像頭頂上爬，到後來廳裡水位一直漲到雕像頭頂才停下不動了，這時的水位距大廳屋頂只有不到兩米距離，兩人只得戴上呼吸器，攀坐在雕像的頭頂。

洪水不再湧起來，廳裡漸漸平靜。程哥悄悄拍了拍田尋，用手在水裡做了一個拋東西的動作，然後又做了個游走的動作。田尋明白他的意思，是找一個東西從水面上遠遠扔出去，引塘角魚朝聲音處游走，兩人就可以趁機向甬道裡逃開，只要能游到岔路的那個小洞裡，就算是安全了。

田尋豎起大拇指，表示這個主意極好。他悄悄溜下雕像，在水底摸到一塊金磚，可這金磚太重，沒法扔得太遠，他又抓到一塊較小的銀錠，這東西不輕不量、分正好。田尋爬回雕像最高處，用盡吃奶的勁把銀錠朝遠處擲去。

銀錠落入水中，激起很大的水花，聲音也不小，塘角魚果然上了當，朝聲音處快速游去。

兩人用最快的速度溜下雕像，貼著牆壁向甬道游去。沒想到行動十分順利，兩人游進甬道，一直來到那個岔路的小洞前，塘角魚也沒追過來。這小洞剛剛好能容一個人的身體游進，而那塘角魚身軀粗壯，肯定是進不來，田尋心中狂喜，暗想終於可以逃出生天了。當田尋剛游進岔路前，身後的程哥卻又不走了。田尋回身按著他的肩膀，程哥做了個背東西的姿勢，田尋知道他還是惦記著那兩袋子珠寶，他連連擺手，阻止他的想法。

可程哥堅決向回游，田尋說什麼也拉不動，他氣得火冒三丈，在水下朝程哥的臉就是一拳，程哥也不還手，義無反顧地向回游去。

田尋無奈，只得跟在他後面游，這時，他發現頭頂上有一個大黑影，向上推水一摸，原來正是那口大銅鍋，這大鍋裡裝滿了水，壓在底下的鐵棍上，田尋知道只要把銅鍋用力往上一托，抬起被壓的鐵棍，那道鐵柵欄門就會下落堵住大廳，於是他雙腿攀住銅鍋上的銅杆，準備在程哥拖珠寶進甬道的一瞬間，就將鐵柵欄門降下來。到了那時候，就算塘角魚能耐再大，也只能對這堅固的精鋼柵欄沒轍。

那兩袋珠寶就在雕像腳下，程哥游出甬道來到雕像處，拖起一個袋子用盡力氣往回游。這時，忽聽一陣悶叫傳來，那只塘角魚轉頭分水花向程哥游去。原來程哥左腿上的傷口經這麼一折騰早已裂開，鮮血在水中四散彌漫，塘角魚聽覺不佳，但嗅覺卻極靈敏，牠一嗅到血腥味，就像發了瘋似的撲過來。

田尋大急，他摘下呼吸器在水下大叫，可聲音在水裡根本就聽不見，田尋掏出手槍，朝上就是一槍，子彈打在屋頂的石板上發出很大聲響。其實程哥早就聽到了塘角魚的聲音，只是他覺得這些珠寶至少可以賣到上千萬，如果能順利帶出去，下半輩子就不用再提心吊膽地盜墓了。

於是他還是決定冒一冒險，繼續拖著袋子往回游。塘角魚游水的速度極快，轉眼間已從廳對面游到廳中，田尋急得不行，又連開幾槍，子彈打到廳頂又反彈回水中，激起串串水花。程哥拖著袋子已經來到鐵柵欄門底下，只要他再多游一米距離，田尋就可以放下閘門，將塘角魚封在門外。

可程哥左腿上的傷口在水下早已裂開，鮮血直往外湧，他覺得天旋地轉，有些提不起力氣，腳下一軟坐倒在水裡。田尋見程哥癱倒，知道他的體力已經嚴重透支，連忙游過來幫他。這時，那塘角魚已經離兩人只有二十多米距離，田尋拉著程哥往門裡硬拽，可說什麼也拉不動，仔細一瞧，卻是程哥右手死死攥著那袋子珠寶不鬆手。

田尋狂搖程哥左臂，讓他放下袋子，可程哥說什麼也不鬆開，這時塘角魚越游越近，田尋知道如果讓牠游進甬道，那兩人就是有三頭六臂也整不過牠了，田尋只得鬆開程哥，奮力向大銅鍋游去，準備托起銅鍋的機關，逼程哥自己游過來。

銅鍋被田尋托起，底下的鐵棍向上一彈，只聽軋軋連聲，甬道門上的鐵柵欄門緩緩下降。程哥聽到柵欄門動了，剛想鬆開袋子游過來，可又實在是捨不得這一大袋子價值不菲的珠寶，他回頭看了看那條大塘角魚，一咬牙，雙手抱起珠寶袋子，死命地往柵欄門裡推。

袋子終於被程哥推進柵欄門，程哥心中狂喜，他剛想游進來，忽然覺得腰上猛地一陣劇痛，回頭一看頓時絕望，只見那塘角魚不知什麼時候已經游過來，張開大嘴攔腰咬住他，程哥掏出腿帶上的手槍向魚身連連射擊，大魚中了幾槍卻沒有鬆嘴，尖牙深深刺進程哥的後腰和肚子，腸子也給帶了出來。

這一下程哥是徹底沒法脫身了，他絕望地大叫，嘴裡吐出一串串帶血的氣泡。塘角魚死咬著他，身體不停亂甩，正在這時，那鐵柵欄門已降到下面，末端尖銳的鋼刺瞬間就刺穿了程哥和塘角魚的身體，一人一魚都被穿透，壓在柵欄門下。

田尋心裡十分悲痛，雖然程哥不過是個盜墓賊，開始的時候也經常利用自己當炮灰、打頭陣去送死，可後來兩人齊心協力幹掉了東子，又擊敗機關人，而且幾乎都要成功逃走了，可現在程哥慘死，田尋只覺得自己異常孤單，懼意頓生。

他忽然看見被程哥推進來的那袋子珠寶，還靜靜地放在程哥身旁，他心念一動，下意識游向珠寶袋子，剛要伸手去抓，忽然程哥伸手一把抓住了袋子。田尋嚇了一跳，只見程哥嘴裡鮮血如湧泉般噴出，雙手卻還死死地抱著袋子不放。田尋心裡頓生恐懼之意，他扭頭用力游開，再也不敢回頭看一眼。

田尋游到小洞口裡，順著小路左拐右轉，本來他一點也不會水，當初從五行石廳掉到蕭朝貴水牢裡時還差點淹死，可現在有了護目鏡和呼吸器的保護，身體在水下的協調性竟然也好了起來，雙手雙腳推水十分流暢。游了五、六分鐘，田尋來到一個寬大的石洞裡。石洞兩側還有兩個大洞，不斷有水流從洞裡急湧而出。田尋有些猶豫，不知道該往哪個洞裡游。他知道嘴上的呼吸過濾器只能維持二十分鐘，如果時間長了還沒有出去，那就是神仙也救不了自己了。

正在田尋沒主意時，忽然他大叫一聲，後腰一陣劇痛，伸手向手面一抄，抓到了個滑溜溜的小東西，抓過眼前一看，卻是在蕭朝貴水牢裡遇到的食人鯧！這下田尋又急又怒，怎麼總是遇到磨難？這不是火上澆油嗎？如果再有大批的食人鯧游過來，不用等到呼吸器失效，自己就被食人鯧給分屍了。果然，眼前一片黑影晃動，上百隻食人鯧紛紛圍攏過來。田尋掏出手槍左右亂開，可槍裡只有十幾顆子彈，又能打死幾隻？

子彈打光了，田尋又抽出軍用匕首在身前亂揮亂刺。可食人鯧可不管你手裡有什麼，牠們只顧圍著你的身體沒頭沒腦地咬，咬住肉之後，就甩動身體將嘴裡的肉扯下，不一會兒田尋就遭到了幾十隻食人鯧的攻擊，田尋大叫大喊，心中絕望。

正在這裡，忽然從側面湧出一股急流，這股急流不亞於剛才在小天堂裡的那陣洪水，田尋還沒等回過神來，就被急流給沖出老遠。那些食人鯧也給沖得四散沒影，田尋在急流中忽上忽下，也不知道是被沖到哪兒去了。

田尋大腦裡一陣空白，心想要是被沖到地下水的深處，就算不被食人鯧吃了，早晚也是憋死。他又從腿帶裡抽出多用途刀，準備在呼吸器的氧氣耗盡時，揮刀自殺。

這股湧流越來越急，水也越來越涼，過了一會兒，水裡出現大量的泥沙和石塊，不斷打在田尋身上，他臉上糊得都是爛泥，手忙腳亂地抹去臉上的泥，忽然一股泥沙迎面而來，又把他裹在泥裡。田尋緊緊捂著耳朵，咬牢嘴裡的呼吸器，可強大的泥流輕易就把呼吸器沖掉，他全身上下都是泥，雙手拚命亂揮亂抓，像一個瀕臨溺的人想要抓到根救命稻草，心裡只有一個念頭：要是在泥裡被憋死，這種死法可比什麼都難受。

第四十五章　逃出生天

水流越來越急，而且還打著轉，田尋身體在水裡左右旋轉，上下起落，就像水裡的一粒沙子，完全屈服在大自然的淫威之下。

忽然耳邊傳來呼呼風聲，似乎還有機器引擎轟鳴的聲音，緊接著咣噹一聲，田尋重重摔在什麼東西上，渾身都摔得散架了。

只聽耳邊傳來一個聲音：「這網還不錯，打上來不少魚！」

田尋還沒緩過神來，又聽一個聲音驚恐地道：「死人，有個死人！」然後又聽一人罵道：「真是晦氣哉！怎麼網上來死人了？快介個扔下去！」

田尋覺得有幾隻手拉他的胳膊將他凌空拎了起來，他感到喉嚨裡塞得難受，連連咳出不少黑泥，勉強張嘴說：「我是活人！」

「咣噹」一聲，田尋又被摔在地上。

旁邊有人亂喊：「鬼啊，有鬼！」

田尋恢復了神志，他抬手摘下護目鏡，一陣刺目的光線晃得他睜不開眼睛，但他心裡卻隱隱覺得，這光線好像是陽光，沒錯，確實是陽光！就像從地獄又回到人間，這種感覺實在太好了！

一個聲音在耳邊響起：「你到底……是人還是鬼？」

田尋兩眼發酸，只能應道：「我是人！不是告訴你們了嗎？」

另一人說道：「四哥，好像真是人啊！」

田尋心說廢話，鬼能這麼窩囊嗎？

「嘩」的一聲，幾瓢涼水澆在身上，將田尋身上的污泥都給沖了下去。田尋勉強睜開眼睛，最先看見的是湛藍藍的天空和明亮亮的太陽，再朝兩邊瞅瞅，原來身處在一條漁船上，幾個漁民打扮的人圍在田尋周圍，像看外星人似的看著他。

田尋從深水裡僥倖逃出性命，對死亡的恐懼和後怕令他不住發抖，再加上四月份湖水很涼，不由得連打了幾個噴嚏。他扶著船欄杆，費力站起來說：「看什麼？沒見過人游泳？」

一個漁民表情怪異地說：「游泳？在太湖裡游泳？你是瘋了，還是傻了？」

田尋一聽愣了，這裡竟是太湖？又一想，湖州地處太湖南岸，離太湖只有二十公裡左右，從太湖出來也不稀奇。只是沒想到那洪秀全的地下陵墓竟然和太湖地下相通，如果不是這樣，自己就算是有九條命也白搭了。

一個漁民問道：「你到底是誰？怎麼會在水裡？」

第四十五章　逃出生天

田尋本想說他想到太湖游泳，結果不慎被暗流沖跑，可一想這個藉口不太好，於是說：「我做生意賠了很多錢，想跳到太湖裡自殺，卻沒想到讓你們的漁網給網住了。」

他這麼一說，眾漁民就放心了，七嘴八舌地紛紛議論起來。一個漁民說：「你這個小兄弟也太想不開了哉，活得好好的為啥事體尋死？還是不要鬧了的好！」又一個漁民說：「聽你口音是北方人伐？你住哪裡？我們送你回去呀！」

田尋十分感激這些漁民，如果不是他們的漁網，自己也得淹死在冰冷的湖水裡。他說：「不用了不用了。我已經想開了，不想死了。可我現在身上沒有一分錢，沒法感謝你們，如果你們能借給我一套舊衣服穿上，我自己會回北方老家去的。」

漁民互相看看，一人說：「你要是不嫌棄我們的衣服髒，就送給你一套穿啦！你先吃些東西，我們這就掉頭回岸嘍！」田尋連忙表示感謝。

幾個漁民剛救了個人，心情十分地好，都圍在田尋身邊問東問西。田尋心想，我哪怕是帶出一件東西也行，也能賣一些錢，酬謝一下這些恩人，只可惜死裡逃生好幾回，到頭來竹籃打水一場空。一名漁民拿出幾個糯米團和雞腿遞給田尋，田尋已經忘了自己在陵墓裡待了多長時間，就知道這段時間除了壓縮餅乾之外，什麼也沒吃過，現在看到這些吃的，才覺得肚子叫個沒完，他狼吞虎嚥地吃著，漁民又拿過一個水壺遞給他，大家都笑嘻嘻地看著田尋的吃相。

田尋如風捲殘雲般吃完了東西，又灌了幾大口水，抹了抹嘴說：「謝謝，謝謝你們了！你們就是我的大恩人！」這倒是他的真心話。

漁民們哈哈大笑，一個漁民操起漁網大聲道：「開船嘍！」眾漁民轟然應和，都過來從網裡揀魚。那操網的漁民似乎是眾漁民的頭領，只見他站在船頭，邊收漁網邊唱道：

愛妹妹，儂勿要再呆啦棕樹底望我望發愁，
儂昨夜頭吩咐我格說話，我全記在心頭。
我拘得大鯊魚，來給儂買三錢胭脂四兩油，
打格一副白鐲子，帶啦儂格手彎頭。
愛妹呀，要是龍王爺今朝請我去吃酒，儂也勿要哭，
心愛相好儘管去求。
就說我是儂啦爹娘手裡結下的乾哥哥，
過年過節海灘頭上，你輕輕來嘔三嘔。

田尋聽著這首用地方方言唱的漁歌，雖然不能十分聽懂，但也明白了歌中的意思，唱的是一個漁民出海前對情人說的心酸告白，這漁民唱這樣悲傷的漁歌，無非是在側面提醒自己生命的重要和無奈，但只要有希望就得努力去活。

田尋不由得想起了死去的四個人：讓韋昌輝咬死的禿頭、被黑甲戰將活活劈成兩半的胖子、死在程哥槍下的平小東、壓死在鐵柵欄門尖刺下的程思義……忽然他感到一陣強烈的對死亡的恐懼，眼淚如泉般湧出，心裡有了一種前所未有的感覺，感覺人生是如此美好，生命又是如此重要，沒有什麼比活著更加重要。

過了一會兒，船靠了岸，那漁民頭領邀田尋到他岸邊的家裡先洗了個澡。田尋臉上纏的紗布早已被洪水沖掉，斷裂的鼻樑骨開始流血，但這裡沒法醫治，漁民只能先簡單處理了一下他大腿內側的傷口，然後讓他老婆找出一身乾淨的舊襯衫和藍布褲子、黑面布鞋給田尋換上。這漁民身體強壯，個子也高，四十二碼的布鞋穿在身高只有一米七左右的田尋腳上，多少顯得有點大，但也總比沒鞋穿強。那漁民聽說田尋身上分文皆無，怕他沒錢坐火車回東北，又給了他二百塊錢，田尋激動得直掉淚，因為從他家房子來看，這漁民的生活水準並不高，可能這二百塊錢就是他們家半個月的開銷。田尋問了這漁民的姓名和村名後，拿著錢離開太湖，乘坐村裡的三輪車前往湖州。

進了湖州市區，田尋望著市裡的公路大廈、車流行人，真是恍如隔世。他走在街上，看著路上形形色色的行人，有的情侶相伴，有的全家逛街，依舊按部就班地過著自己平淡的生活。田尋心想：走在街上，我只是個再普通不過的人，也沒有人會注意到我。但卻沒有一個人知道，我在過去幾十個小時內曾經有過怎樣險象環生、驚心動魄的經歷。

到湖州火車站一打聽，才知道從湖州坐火車到西安至少也得三百塊錢，身上錢不夠，又沒處去借，他找了個公用電話亭，先打一一四查到了西安市朱雀路古玩市場管理處的電話，然後通過管理處找到了「盛芸齋」王全喜。

王全喜在電話裡一聽是田尋的聲音，連忙問他在哪兒，其他人都怎麼樣，田尋在電話裡不便明說，只說：「現在只有我一個人了，我身在湖州沒路費回西安，而且還受了重傷，你看著辦吧！」王全喜連忙給在湖州的一個朋友打電話，讓田尋去找那個朋友要了兩千塊錢。田尋先到湖州市中心醫院接上了斷裂的鼻樑骨，住了兩天院，然後又回太湖還了那漁民一千塊錢，最後坐火車先到南京，再直達西安。

回到西安一下火車，田尋直接坐計程車來到古玩市場王全喜的店鋪。王全喜看見田尋不倫不類的打扮，先吃了一驚，他問：「你怎麼這個打扮？老程他們呢？」

田尋看了看他，面無表情地坐在椅子上。

第四十五章　逃出生天

王全喜知道肯定是出了大事，連忙到外面關上店門，又把田尋讓進裡屋。

田尋剛一坐下，王全喜焦急地追問：「到底怎麼了？怎麼就你自己回來？老程他們四個呢？」

田尋看著王全喜的臉，恨不得揮拳也打斷他的鼻樑骨，他冷冷地說：「你是問程思義、王援朝、大老李和平小東他們四個嗎？」

王全喜說：「是啊！他們人呢？」

田尋說：「你這輩子是看不到他們了。」

王全喜嚇得一驚，聲音顫抖地說：「為……為什麼？你什麼意思？」

田尋靠近王全喜的臉，死死盯著他的眼睛，一字一頓地說：「他們四個都死了！死在湖州毗山洪秀全的地下陵墓裡了！」

王全喜聽了後像被施了定身法，磕磕巴巴地說：「什……什麼？都死了？死在……洪秀全陵墓裡了？」

田尋說：「對！都死了！只我一個人活著回來，還只剩半條命！王全喜，你組織的這個考古隊真好！讓四個盜墓賊去湖州毗山進行考古研究，順便也光顧一下洪秀全的地宮？」

王全喜頓時急了，說：「你……你可別亂說話！什麼盜墓賊？我組織的可是貨真價實的考古隊，你說話可要有真憑實據！」

田尋說：「每人先付十萬，事成之後再付二十萬，如果能帶回有價值的文物還會加錢，這不是承諾的嗎？」

王全喜一驚，嘴上卻說：「你說什麼呢？我一句也聽不懂！」

田尋一把扯下脖子上的項鏈，摔在王全喜面前，說：「這不是你們盜墓行業的信物嗎？你好好看看，這裡面有你王全喜的微型印章！」

王全喜一看這項鏈，頓時坐倒在椅子上。原來這種項鏈只能由盜墓者自己佩戴，而且在一般情況下，輕易不能給別人看，更不許對別人提起項鏈的含義和內容。

而且在事情沒辦完之前，除了受雇人死掉之外，絕對禁止項鏈離開身體，否則就會有大禍臨頭。

王全喜顫抖著拿起項鏈仔細看了看，的確是他交給程思義的那條，因為金殼的正面用利刃刻著一個「程」字。他看著田尋憤怒的臉，說：「田兄弟，究竟發生了什麼事情？」

田尋慢慢坐下，說：「你想知道事情的經過嗎？好，那我就講給你聽聽。」

於是，田尋將一行五人從西安到湖州，再進慈雲寺打探消息，然後為了救程思

第四十五章　逃出生天

義和禿頭誤入報本堂的地下祭壇，又進到洪秀全地下陵墓和地宮，最後來到金龍殿小天堂，遇到文空機關人和巨型塘角魚的經過，對王全喜簡明扼要地說了一遍。

聽著田尋講述經過，王全喜身上一陣陣起雞巴疙瘩，他萬萬沒想到，這個洪秀全的陵墓竟然有如此宏大的地下結構和險惡機關，田尋講完經過後，王全喜已然出了一身透汗，似乎自己也從那些兇險的機關裡走了一遭。

他喃喃地說：「四個人都死了？這也太慘了，老程啊，咱們可是有著十多年的交情啊……」說完，王全喜眼淚流了出來。

田尋看著他不說話。過了好一會兒王全喜才緩過來，他對田尋說：「田兄弟，真沒想到事情是這樣！同時我也佩服你的大智大勇和非凡福緣，如果不是有老天保佑，你又怎能經歷了如此多的磨難卻可以全身而退？你可真是個有福之人！」

田尋鄙夷地看了他一眼，說：「非凡福緣、老天保佑？告訴你，我之所以能活著出來，是因為我從財寶和生活這兩者之間做出了正確的選擇！最後只有我和程思義兩人活著，如果在我們游到那甬道岔路時，程思義不是非要回去帶那一袋子珠寶的話，那麼現在站在你面前的就不應該只有我自己了！要是我也和他一樣貪財，那我們五個人就都糊裡糊塗地從這地球上消失了，都是貪心不足的欲望讓程思義丟了性命！」

王全喜擦了擦臉上的汗，半晌無語。過了一會兒，田尋說：「我問你一個問題，如果你如實告訴我，也許我可以考慮，不向公安機關告發你。」

王全喜嚇了一跳，說：「什麼？你要去公安局告發我？你瘋了？」

田尋怒罵道：「你他媽的才瘋了！讓一個素不相識的人去當炮灰，冒生命危險幫你們去盜墓？你怎麼想的？王全喜，我操你媽！」

王全喜挨了罵，卻沒生氣反而樂了，說：「田尋，你罵吧，罵了也沒用。事情已經發生了，而且不管怎麼說你還是活著回來了。再說了，你去公安局告我，告什麼？說我非法組織盜墓？」

田尋餘怒未消：「廢話！你以為我告你什麼？告你調戲婦女嗎？」

王全喜哈哈大笑：「那你的證據在哪裡？有證據嗎？」

田尋說：「這項鏈還不是證據嗎？還有你出錢雇傭他們，他們四人的名字我都知道，公安局查不出來？」

王全喜聽完，神情反倒放鬆了許多，拎起紫砂壺給自己倒了杯茶，端起來喝了口。

田尋更怒：「你還有心思喝茶？」

王全喜說：「我為什麼沒心思喝茶？實話告訴你吧。沒錯，的確是有人出錢，讓我物色一批盜墓人去湖州毗山盜墓，你們是收錢辦事，我是收錢選人，既然事情沒成，那不是你的過錯，更不是我的過錯。但你想告發我，這是行不通的。首先這個金項鏈就根本代表不了什麼，這是盜墓行業的祕密，外人根本就不懂；再有，你說我出錢雇傭盜墓，錢在哪裡？人又在哪裡？人證物證都沒有，你告個什麼？程思義他們四人的名字都是假名，幹他們這行的，別說名字，連籍貫、地址、家庭情況都是假的，你根本就不知道他們的真實身份是誰，如果不是這樣，牛莊村發生那麼大的命案，員警又怎麼會四、五年都抓不到程思義？」

田尋氣得火冒三丈，卻又無話可說，他說：「那你讓我加入考古隊也是證據，至少你也有嫌疑吧？」

王全喜說：「我有什麼嫌疑？現在普通百姓組織民間考古隊是合法的，受國家法律保護，我組織一個民間考古隊也無可非議。再說了，那些人的真實身份我也不知道，我讓他們考古，而他們去盜墓，那也不是我能管得了的。你說對不對？」

田尋說：「照你這麼說，公安局是拿你一點辦法也沒有了？」

王全喜說：「可以這麼說吧！其實國家對這種非法盜墓行為是鞭長莫及，管也管不過來，尤其是湖南、陝西一帶，每天都有大批的文物流出境外，你今天晚上在洛陽挖出一件東西，第三天下午就放到香港拍賣會的桌子上了，夠快的吧？怎麼會這麼快？那是因為非法盜墓有著一整套的轉運、流通和運輸過程，對這麼組織嚴密的盜墓活動，相關部門暫時還沒有更好的遏止辦法。」

聽了王全喜的話，田尋感到一陣沮喪，他沒想到自己叫人當了槍使，到頭來還硬拿人家沒辦法，這叫什麼道理？這時，王全喜又說話了：「如果你真想告公安的話，不但我沒事，最後很反倒把你自己給告進去。」

「什麼？我犯了什麼法？」田尋怒道。

王全喜慢悠悠地說：「你也跟著盜墓來的呀！」

田尋氣得大叫：「我那是被騙來的！」

王全喜湊近他的臉說：「誰能證明？你說你是無辜的，有人證嗎，有物證嗎？人家就知道你一路跟著盜墓，你說你沒收錢，鬼都不信！公安很可能認為你是盜墓之後沒分到贓，就惱羞成怒倒打一耙。結果別人沒查出來，你自己倒先折進了監獄，蹲了監獄，頓頓吃大眼窩頭。」

田尋再也按捺不住，抄起桌上的紫砂壺朝王全喜腦袋上扔去。沒想到王全喜十分靈活，他一縮頭，紫砂壺摔在後面的牆上砸得粉碎。

這只紫砂壺是王全喜的心愛之物，乃是正宗的宜興老窯極品，王全喜大怒，他霍地站起一拍桌子，當時就要發作，可又忍住了。他嘿嘿笑著：「話我已經說完了，你要是沒什麼事在我這坐著喝點茶，如果你還有事要辦，那我也不遠送。」

田尋點點頭：「我這就去找林之揚，看他怎麼說！」

王全喜連忙說：「我勸你還是別鬧事了，鬧大了對誰都不好！」

田尋怒道：「我鬧事？我他媽命都差點丟了，你還說我鬧事？我也不跟你廢話！」說完抬腿就走，王全喜試圖拉住他，但最後無濟於事。

見田尋走遠，連忙給林教授打電話報信。

田尋乘計程車到西新莊別墅，讓門衛通知林之揚家，門衛打過電話後告訴田尋說可以進去找他。

計程車在林教授的別墅門前停下，按門鈴後女傭開了門，他也不打招呼徑直走進客廳。林教授正在客廳坐著喝茶，見田尋進來也沒覺得意外。

田尋來到他面前指著他鼻子說：「姓林的，你竟然騙我！」

林教授慢悠悠地說：「還從沒有人敢這麼和我說話，但我也不怪你，畢竟你是年輕人，容易衝動。」

田尋大怒：「衝動？我都死過好幾回了，你還不讓我衝動？」

林教授說：「你先坐下，你的事我已經聽王全喜在電話裡說過了，對你的經歷我也很意外。」

「意外？你組織盜墓團夥去湖州盜墓，卻騙我說是去考察？把我當白癡是嗎？」田尋怒不可遏。

林教授放下茶杯，嘆了口氣：「我真的是讓他們去進行考察，誰知道這幫人見財起意，居然幹出了盜墓的勾當，我也是始料不及啊！」

田尋鼻中「嗤」的一聲：「你別再我面前說瞎話了，如果不是你指使，他們敢把考察當成盜墓？這四個人根本就是徹頭徹尾的盜墓賊，毫無考古知識，你的話只能去騙鬼！」

林教授說：「那都是王全喜壞的事，我托他幫我找幾個有考古經驗的人，誰知道他們以前幹過這行？我又不是戶籍警，總不能挨個去查他們的底吧？」

田尋說：「這麼說沒你什麼事了？現在我才知道你這一屋子古玩都是怎麼來的，全是這種手段吧？」

林教授臉上一陣青，一陣白，他沉下臉道：「你有什麼資格指責我？我知道你，你的行為和我沒有半點關係，我組織民間考古隊是正當的合法行為，他們做了什麼不關我的事！」

田尋冷笑一聲：「你想推得一乾二淨，恐怕沒那麼容易吧？我現在就去公安局報告，到時候你和員警解釋吧！」

第四十五章　逃出生天

林教授也不著急，端起那把曼生壺倒了杯水：「你可以想想，以我林之揚現在的地位，怎會去組織人盜墓？就算得了手又能賣幾個錢？對我來說幾十件文物可有可無，我有必要冒那個險給自己添事嗎？」

田尋想了想，沒好氣地說：「反正你是脫不了關係！我差點被你害死，想就這麼算了？沒那麼容易！」

林教授站起來走到博古架上，拿起一件玉紋龍盤慢慢撫摸，說：「你想去告我那就隨你，在西安我林之揚的名字恐怕無人不知，誰也得給我三分面子，就怕到時候你告不倒我，自己卻惹禍上身。」

這番話和王全喜的一樣，田尋心想這老頭果然狡猾，看來還真奈何不了他。這時，林教授過來拍拍他肩膀：「小田，你能在危險之中脫身也算是有福，不管怎麼說這事也是我欠你，這樣吧！我給你二十萬元，就算是我對你的補償。我對你很欣賞，希望你能不計前嫌，以後我們還可以合作。」

田尋沮喪至極，他說：「我才不會要你的錢，拿了這錢，我就也成盜墓賊了！既然我拿你沒辦法，也只能算我倒楣，但我也勸你一句：今後還是少做這種拿人當炮灰的缺德事！」說完他轉身就走。

林教授抬手說：「小田，你聽我說……」

田尋懶得再去理他，快步跨出客廳。

這時外面駛進一輛紅色保時捷轎車，田尋知道是林小培回來了，心想：怎麼這麼巧？偏偏碰到她。想到林小培，他心裡倒有了一些溫情。

只見林小培和一個很帥的男孩從車上下來，田尋假裝沒看見，心想這富家千金可能已經把我忘了，自顧向大門走去。林小培見是田尋頓時愣住了，忽然跑過去一把摟住他脖子，非常高興：「你這個大笨蛋為什麼不等我回來？我還想要你教我打桌球呢！」

那帥哥臉上神色難看，帶著醋味看著林小培：「小培，他是誰？」

林小培根本沒理他：「你幹嘛，要走嗎？快到我房間來，我有好東西給你看。」

說完挽著田尋就要進去。

帥哥尷尬之極，卻還不敢對林小培發脾氣，情急之下，他上前一把揪過田尋，狠狠瞪著他說：「你小子是哪兒冒出來的？是不是想挨揍？」

田尋此時正沒好氣，他猛地推開那帥哥，指著他鼻子怒罵：「你以為你是什麼東西？仗著自己長得帥就了不起啊，先掂掂自己肚子裡有多少貨，是不是裝著一肚子草包，沒出息！」說完就大步走開了。

第四十五章　逃出生天

那帥哥被罵得狗血噴頭，剛要發作卻見田尋自己走開，頓時一頭霧水，呆呆地看著林小培。

林小培連忙喊他：「喂，大笨蛋你要去哪兒？」

林教授在門口一臉怒氣，大聲斥責她：「你給我回來，不許叫他，否則就別再叫我爸爸！」

林小培見他發了大火，也不知道田尋怎麼得罪了他，也沒敢再去追，只得低著頭，慢慢走進大門。後面那帥哥心中竊喜，也跟著要進去，不想林小培回頭罵道：「誰讓你跟來的？快給我走開，討厭！」

這帥哥委屈地說：「小培，你怎麼總是對我這樣？我對你是真心的！」

林小培怒極：「滾開！我再也不想看到你！」

帥哥又挨了臭罵，肺都快炸了，但也不敢發火，只得灰溜溜地走了。

林教授知道女兒喜歡上了田尋，自然是極力阻攔，但看到女兒滿臉委屈，心裡又有點不忍，連忙安慰道：「小培，不是爸爸不讓你找男朋友，只是那個田尋要人沒人、要錢沒錢……」話還沒說完，林小培已經甩臉上樓了。

林教授站在客廳裡，心中騰起一肚子邪火。

＊第一批人在湖州折戟而歸後，林教授暫時按下行動，在家中潛心研究天馬飛仙的祕密，可還沒等他完全找出其中的真相，一夥劫匪闖入家中搶走了天馬飛仙。林教授花重金在全國佈下眼線，終於探聽到劫匪已經逃往南方，正準備偷渡到澳門。教授組織人馬趕往珠海，意欲將劫匪一舉擒獲。誰知，鬼使神差之下，兩路人馬都被迷霧送到南中國海上的一座荒島。在島上，一行人遇到了無數前所未見的神祕動植物種類，這些人是聯手禦敵，還是各自為戰，他們是否可以逃出生天？精彩絕倫的故事即將宏大展開，敬請關注《國家寶藏3》。

國家寶藏 貳

國家寶藏貳 天國謎墓Ⅱ

作　　者	瀋陽唐伯虎
發 行 人	林敬彬
主　　編	楊安瑜
編　　輯	蔡穎如
校　　對	王淑如
內頁編排	帛格有限公司
封面設計	玉馬門創意設計
出　　版	大旗出版社　行政院新聞局北市業字第1688號
發　　行	大都會文化事業有限公司 110台北市信義區基隆路一段432號4樓之9 讀者服務專線：(02)27235216 讀者服務傳真：(02)27235220 電子郵件信箱：metro@ms21.hinet.net 網　　址：www.metrobook.com.tw
郵政劃撥	14050529 大都會文化事業有限公司
出版日期	2009年10月初版一刷
定　　價	199元
ISBN	978-957-8219- 87-8
書　　號	Story-04

Chinese (complex) copyright © 2009 by Banner Publishing,
a division of Metropolitan Culture Enterprise Co., Ltd.

4F-9, Double Hero Bldg., 432, Keelung Rd., Sec. 1, Taipei 110, Taiwan
Tel:+886-2-2723-5216　Fax:+886-2-2723-5220
E-mail:metro@ms21.hinet.net
Web-site:www.metrobook.com.tw

◎本書如有缺頁、破損、裝訂錯誤，請寄回本公司更換。
【版權所有　翻印必究】

Printed in Taiwan. All rights reserved.

大旗出版 BANNER PUBLISHING 大都會文化

國家圖書館出版品預行編目資料

國家寶藏2天國謎墓Ⅱ／瀋陽唐伯虎著.
-- 初版. -- 臺北市：
大旗出版社：大都會文化發行, 2009. 10
冊； 公分. -- (Story ; 4)

ISBN 978-957-8219-87-8（第2冊：平裝）

857.7　　98010329

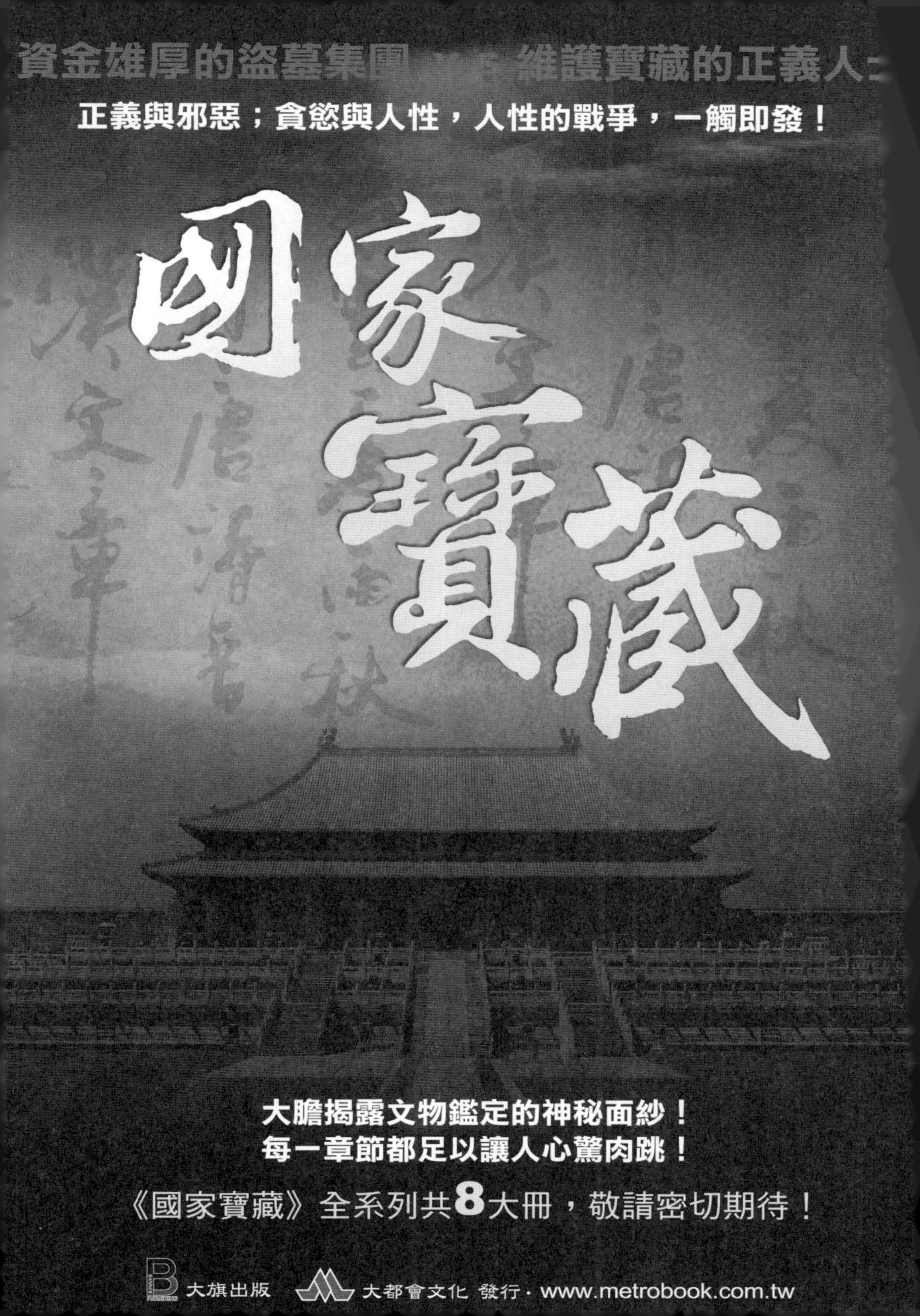
資金雄厚的盜墓集團 維護寶藏的正義人
正義與邪惡；貪慾與人性，人性的戰爭，一觸即發！
國家寶藏
大膽揭露文物鑑定的神秘面紗！
每一章節都足以讓人心驚肉跳！
《國家寶藏》全系列共8大冊，敬請密切期待！
大旗出版
大都會文化 發行・www.metrobook.com.tw

大都會文化圖書目錄

●度小月系列

路邊攤賺大錢【搶錢篇】	280 元	路邊攤賺大錢 2【奇蹟篇】	280 元
路邊攤賺大錢 3【致富篇】	280 元	路邊攤賺大錢 4【飾品配件篇】	280 元
路邊攤賺大錢 5【清涼美食篇】	280 元	路邊攤賺大錢 6【異國美食篇】	280 元
路邊攤賺大錢 7【元氣早餐篇】	280 元	路邊攤賺大錢 8【養生進補篇】	280 元
路邊攤賺大錢 9【加盟篇】	280 元	路邊攤賺大錢 10【中部搶錢篇】	280 元
路邊攤賺大錢 11【賺翻篇】	280 元	路邊攤賺大錢 12【大排長龍篇】	280 元
路邊攤賺大錢 13【人氣推薦篇】	280 元		

● DIY 系列

路邊攤美食 DIY	220 元	嚴選台灣小吃 DIY	220 元
路邊攤超人氣小吃 DIY	220 元	路邊攤紅不讓美食 DIY	220 元
路邊攤流行冰品 DIY	220 元	路邊攤排隊美食 DIY	220 元
把健康吃進肚子— 40 道輕食料理 easy 做	250 元		

●流行瘋系列

跟著偶像 FUN 韓假	260 元	女人百分百—男人心中的最愛	180 元
哈利波特魔法學院	160 元	韓式愛美大作戰	240 元
下一個偶像就是你	180 元	芙蓉美人泡澡術	220 元
Men 力四射—型男教戰手冊	250 元	男體使用手冊－ 35 歲⁺♂保健之道	250 元
想分手？這樣做就對了！	180 元		

●生活大師系列

遠離過敏—打造健康的居家環境	280 元	這樣泡澡最健康—紓壓・排毒・瘦身三部曲	220 元
兩岸用語快譯通	220 元	台灣珍奇廟—發財開運祈福路	280 元
魅力野溪溫泉大發見	260 元	寵愛你的肌膚—從手工香皂開始	260 元
舞動燭光—手工蠟燭的綺麗世界	280 元	空間也需要好味道—打造天然香氛的 68 個妙招	260 元
雞尾酒的微醺世界—調出你的私房 Lounge Bar 風情	250 元	野外泡湯趣—魅力野溪溫泉大發見	260 元
肌膚也需要放輕鬆—徜徉天然風的 43 項舒壓體驗	260 元	辦公室也能做瑜珈—上班族的紓壓活力操	220 元

別再說妳不懂車— 男人不教的 Know How	249 元	一國兩字—兩岸用語快譯通	200 元
宅典	288 元	超省錢浪漫婚禮	250 元
旅行，從廟口開始	280 元		

●寵物當家系列

Smart 養狗寶典	380 元	Smart 養貓寶典	380 元
貓咪玩具魔法 DIY— 讓牠快樂起舞的 55 種方法	220 元	愛犬造型魔法書—讓你的寶貝漂亮一下	260 元
漂亮寶貝在你家—寵物流行精品 DIY	220 元	我的陽光 · 我的寶貝—寵物真情物語	220 元
我家有隻麝香豬—養豬完全攻略	220 元	SMART 養狗寶典（平裝版）	250 元
生肖星座招財狗	200 元	SMART 養貓寶典（平裝版）	250 元
SMART 養兔寶典	280 元	熱帶魚寶典	350 元
Good Dog—聰明飼主的愛犬訓練手冊	250 元	愛犬特訓班	280 元
City Dog—時尚飼主的愛犬教養書	280 元	愛犬的美味健康煮	280 元

●人物誌系列

現代灰姑娘	199 元	黛安娜傳	360 元
船上的 365 天	360 元	優雅與狂野—威廉王子	260 元
走出城堡的王子	160 元	殞逝的英格蘭玫瑰	260 元
貝克漢與維多利亞—新皇族的真實人生	280 元	幸運的孩子—布希王朝的真實故事	250 元
瑪丹娜—流行天后的真實畫像	280 元	紅塵歲月—三毛的生命戀歌	250 元
風華再現—金庸傳	260 元	俠骨柔情—古龍的今生今世	250 元
她從海上來—張愛玲情愛傳奇	250 元	從間諜到總統—普丁傳奇	250 元
脫下斗篷的哈利—丹尼爾 · 雷德克里夫	220 元	蛻變—章子怡的成長紀實	260 元
強尼戴普— 可以狂放叛逆，也可以柔情感性	280 元	棋聖 吳清源	280 元
華人十大富豪—他們背後的故事	250 元	世界十大富豪—他們背後的故事	250 元

●心靈特區系列

每一片刻都是重生	220 元	給大腦洗個澡	220 元
成功方與圓—改變一生的處世智慧	220 元	轉個彎路更寬	199 元
課本上學不到的 33 條人生經驗	149 元	絕對管用的 38 條職場致勝法則	149 元
從窮人進化到富人的 29 條處事智慧	149 元	成長三部曲	299 元
心態—成功的人就是和你不一樣	180 元	當成功遇見你—迎向陽光的信心與勇氣	180 元

改變，做對的事	180 元	智慧沙	199 元（原價 300 元）
課堂上學不到的 100 條人生經驗	199 元（原價 300 元）	不可不防的 13 種人	199 元（原價 300 元）
不可不知的職場叢林法則	199 元（原價 300 元）	打開心裡的門窗	200 元
不可不慎的面子問題	199 元（原價 300 元）	交心—別讓誤會成為拓展人脈的絆腳石	199 元
方圓道	199 元	12 天改變一生	199 元（原價 280 元）
氣度決定寬度	220 元	轉念—扭轉逆境的智慧	220 元
氣度決定寬度 2	220 元	逆轉勝—發現在逆境中成長的智慧	199 元（原價 300 元）
智慧沙 2	199 元	好心態，好自在	220 元
生活是一種態度	220 元	要做事，先做人	220 元
忍的智慧	220 元	交際是一種習慣	220 元

● SUCCESS 系列

七大狂銷戰略	220 元	打造一整年的好業績—店面經營的 72 堂課	200 元
超級記憶術—改變一生的學習方式	199 元	管理的鋼盔—商戰存活與突圍的 25 個必勝錦囊	200 元
搞什麼行銷— 152 個商戰關鍵報告	220 元	精明人聰明人明白人—態度決定你的成敗	200 元
人脈＝錢脈—改變一生的人際關係經營術	180 元	週一清晨的領導課	160 元
搶救貧窮大作戰？ 48 條絕對法則	220 元	搜驚 · 搜精 · 搜金 — 從 Google 的致富傳奇中，你學到了什麼？	199 元
絕對中國製造的 58 個管理智慧	200 元	客人在哪裡？—決定你業績倍增的關鍵細節	200 元
殺出紅海—漂亮勝出的 104 個商戰奇謀	220 元	商戰奇謀 36 計—現代企業生存寶典 I	180 元
商戰奇謀 36 計—現代企業生存寶典 II	180 元	商戰奇謀 36 計—現代企業生存寶典 III	180 元
幸福家庭的理財計畫	250 元	巨賈定律—商戰奇謀 36 計	498 元
有錢真好！輕鬆理財的 10 種態度	200 元	創意決定優勢	180 元
我在華爾街的日子	220 元	贏在關係—勇闖職場的人際關係經營術	180 元
買單！一次就搞定的談判技巧	199 元（原價 300 元）	你在說什麼？—39 歲前一定要學會的 66 種溝通技巧	220 元
與失敗有約 —13 張讓你遠離成功的入場券	220 元	職場 AQ —激化你的工作 DNA	220 元
智取—商場上一定要知道的 55 件事	220 元	鏢局—現代企業的江湖式生存	220 元
到中國開店正夯《餐飲休閒篇》	250 元	勝出！—抓住富人的 58 個黃金錦囊	220 元
搶賺人民幣的金雞母	250 元	創造價值—讓自己升值的 13 個秘訣	220 元

李嘉誠談做人做事做生意	220 元	超級記憶術（紀念版）	199 元
執行力—現代企業的江湖式生存	220 元	打造一整年的好業績—店面經營的 72 堂課	220 元
週一清晨的領導課（二版）	199 元	把生意做大	220 元
李嘉誠再談做人做事做生意	220 元	好感力—辦公室 C 咖出頭天的生存術	220 元

●都會健康館系列

秋養生—二十四節氣養生經	220 元	春養生—二十四節氣養生經	220 元
夏養生—二十四節氣養生經	220 元	冬養生—二十四節氣養生經	220 元
春夏秋冬養生套書	699 元（原價 880 元）	寒天—0 卡路里的健康瘦身新主張	200 元
地中海纖體美人湯飲	220 元	居家急救百科	399 元（原價 550 元）
病由心生—365 天的健康生活方式	220 元	輕盈食尚—健康腸道的排毒食方	220 元
樂活，慢活，愛生活—健康原味生活 501 種方式	250 元	24 節氣養生食方	250 元
24 節氣養生藥方	250 元	元氣生活—日の舒暢活力	180 元
元氣生活—夜の平靜作息	180 元	自療—馬悅凌教你管好自己的健康	250 元
居家急救百科（平裝）	299 元	秋養生—二十四節氣養生經	220 元
冬養生—二十四節氣養生經	220 元	春養生—二十四節氣養生經	220 元
夏養生—二十四節氣養生經	220 元	遠離過敏—打造健康的居家環境	280 元

● CHOICE 系列

入侵鹿耳門	280 元	蒲公英與我—聽我說說畫	220 元
入侵鹿耳門（新版）	199 元	舊時月色（上輯＋下輯）	各 180 元
清塘荷韻	280 元	飲食男女	200 元
梅朝榮品諸葛亮	280 元	老子的部落格	250 元
孔子的部落格	250 元	翡冷翠山居閒話	250 元
大智若愚	250 元	野草	250 元

● FORTH 系列

印度流浪記—滌盡塵俗的心之旅	220 元	胡同面孔—　古都北京的人文旅行地圖	280 元
尋訪失落的香格里拉	240 元	今天不飛—空姐的私旅圖	220 元
紐西蘭奇異國	200 元	從古都到香格里拉	399 元
馬力歐帶你瘋台灣	250 元	瑪杜莎艷遇鮮境	180 元

●大旗藏史館

大清皇權遊戲	250 元	大清后妃傳奇	250 元

大清官宦沉浮	250 元	大清才子命運	250 元
開國大帝	220 元	圖說歷史故事—先秦	250 元
圖說歷史故事—秦漢魏晉南北朝	250 元	圖說歷史故事—隋唐五代兩宋	250 元
圖說歷史故事—元明清	250 元	中華歷代戰神	220 元
圖說歷史故事全集	880 元（原價 1000 元）	人類簡史—我們這三百萬年	280 元

●大都會運動館

野外求生寶典—活命的必要裝備與技能	260 元	攀岩寶典—安全攀登的入門技巧與實用裝備	260 元
風浪板寶典—駕馭的駕馭的入門指南與技術提升	260 元	登山車寶典—鐵馬騎士的駕馭技術與實用裝備	260 元
馬術寶典—騎乘要訣與馬匹照護	350 元		

●大都會休閒館

賭城大贏家—逢賭必勝祕訣大揭露	240 元	旅遊達人—行遍天下的 109 個 Do & Don't	250 元
萬國旗之旅—輕鬆成為世界通	240 元		

●大都會手作館

樂活，從手作香皂開始	220 元	Home Spa & Bath —玩美女人肌膚的水嫩體驗	250 元
愛犬的宅生活— 50 種私房手作雜貨	250 元	Candles 的異想世界—不思議の手作蠟燭魔法書	280 元

●世界風華館

環球國家地理 · 歐洲（黃金典藏版）	250 元	環球國家地理 · 亞洲 · 大洋洲（黃金典藏版）	250 元
環球國家地理 · 非洲 · 美洲 · 兩極（黃金典藏版）	250 元	中國國家地理 · 華北 · 華東（黃金典藏版）	250 元
中國國家地理 · 中南 · 西南（黃金典藏版）	250 元	中國國家地理 · 東北 · 西東 · 港澳（黃金典藏版）	250 元

● BEST 系列

人脈＝錢脈—改變一生的人際關係經營術（典藏精裝版）	199 元	超級記憶術—改變一生的學習方式	220 元

● STORY 系列

失聯的飛行員一 一封來自 30,000 英呎高空的信	220 元	Oh, My God! 一 阿波羅的倫敦愛情故事	280 元
國家寶藏 1 一天國謎墓	199 元	國家寶藏 2 一天國謎墓 II	199 元

● FOCUS 系列

中國誠信報告	250 元	中國誠信的背後	250 元
誠信一中國誠信報告	250 元	龍行天下一中國製造未來十年新格局	250 元
金融海嘯中，那些人與事	280 元	世紀大審一從權力之巔到階下之囚	250 元

●禮物書系列

印象花園 梵谷	160 元	印象花園 莫內	160 元
印象花園 高更	160 元	印象花園 竇加	160 元
印象花園 雷諾瓦	160 元	印象花園 大衛	160 元
印象花園 畢卡索	160 元	印象花園 達文西	160 元
印象花園 米開朗基羅	160 元	印象花園 拉斐爾	160 元
印象花園 林布蘭特	160 元	印象花園 米勒	160 元
絮語說相思 情有獨鍾	200 元		

●精緻生活系列

女人窺心事	120 元	另類費洛蒙	180 元
花落	180 元		

● CITY MALL 系列

別懷疑！我就是馬克大夫	200 元	愛情詭話	170 元
唉呀！真尷尬	200 元	就是要賴在演藝	180 元

●親子教養系列

孩童完全自救寶盒（五書＋五卡＋四卷錄影帶）	3,490 元（特價 2,490 元）	孩童完全自救手冊一 這時候你該怎麼辦（合訂本）	299 元
我家小孩愛看書一 Happy 學習 easy go ！	200 元	天才少年的 5 種能力	280 元
哇塞！你身上有蟲！一學校忘了買、老師不敢教，史上最髒的科學書	250 元		

◎關於買書：

1. 大都會文化的圖書在全國各書店及誠品、金石堂、何嘉仁、搜主義、敦煌、紀伊國屋、諾貝爾等連鎖書店均有販售，如欲購買本公司出版品，建議你直接洽詢書店服務人員以節省您寶貴時間，如果書店已售完，請撥本公司各區經銷商服務專線洽詢。

   北部地區：(02)85124067　桃竹苗地區：(03)2128000　中彰投地區：(04)27081282

   雲嘉地區：(05)2354380　臺南地區：(06)2642655　高屏地區：(07)3730079

2. 到以下各網路書店購買：

   大都會文化網站（http://www.metrobook.com.tw)

   博客來網路書店（http://www.books.com.tw)

   金石堂網路書店（http://www.kingstone.com.tw)

3. 到郵局劃撥：

   戶名：大都會文化事業有限公司　帳號：14050529

4. 親赴大都會文化買書可享 8 折優惠。

大都會文化　讀者服務卡

書名：國家寶藏 天國謎墓II

謝謝您選擇了這本書！期待您的支持與建議，讓我們能有更多聯繫與互動的機會。

A. 您在何時購得本書：______年______月______日

B. 您在何處購得本書：____________書店，位於____________(市、縣)

C. 您從哪裡得知本書的消息：

1.□書店　2.□報章雜誌　3.□電台活動　4.□網路資訊
5.□書籤宣傳品等　6.□親友介紹　7.□書評　8.□其他

D. 您購買本書的動機：（可複選）

1.□對主題或內容感興趣　2.□工作需要　3.□生活需要
4.□自我進修　5.□內容為流行熱門話題　6.□其他

E. 您最喜歡本書的：（可複選）

1.□內容題材　2.□字體大小　3.□翻譯文筆　4.□封面　5.□編排方式　6.□其他

F. 您認為本書的封面：1.□非常出色　2.□普通　3.□毫不起眼　4.□其他

G. 您認為本書的編排：1.□非常出色　2.□普通　3.□毫不起眼　4.□其他

H. 您通常以哪些方式購書：(可複選)

1.□逛書店　2.□書展　3.□劃撥郵購　4.□團體訂購　5.□網路購書　6.□其他

I. 您希望我們出版哪類書籍：（可複選）

1.□旅遊　2.□流行文化　3.□生活休閒　4.□美容保養　5.□散文小品
6.□科學新知　7.□藝術音樂　8.□致富理財　9.□工商企管　10.□科幻推理
11.□史哲類　12.□勵志傳記　13.□電影小說　14.□語言學習（_____語）
15.□幽默諧趣　16.□其他

J. 您對本書(系)的建議：

____

K. 您對本出版社的建議：

____

讀者小檔案

姓名：______________ 性別：□男 □女 生日：____年____月____日

年齡：□20歲以下 □21～30歲 □31～40歲 □41～50歲 □51歲以上

職業：1.□學生 2.□軍公教 3.□大眾傳播 4.□服務業 5.□金融業 6.□製造業
7.□資訊業 8.□自由業 9.□家管 10.□退休 11.□其他

學歷：□國小或以下 □國中 □高中／高職 □大學／大專 □研究所以上

通訊地址：____

電話：（H）________________（O）______________ 傳真：______________

行動電話：________________ E-Mail：________________________

◎謝謝您購買本書，也歡迎您加入我們的會員，請上大都會文化網站 www.metrobook.com.tw 登錄您的資料。您將不定期收到最新圖書優惠資訊和電子報。

國家寶藏貳 天國謎墓II

北區郵政管理局
登記證北台字第9125號
免 貼 郵 票

大都會文化事業有限公司
讀 者 服 務 部 收

110台北市基隆路一段432號4樓之9

寄回這張服務卡〔免貼郵票〕
您可以：
◎不定期收到最新出版訊息
◎參加各項回饋優惠活動

大旗出版
BANNER PUBLISHING

大旗出版
BANNER PUBLISHING

大旗出版
BANNER PUBLISHING

大旗出版
BANNER PUBLISHING